INVENTAIRE

Ye 13,957

I0613776

EXCURSIONS

POÉSIES

PAR

ALLEMAND DE MONTRIGAUD

Capitaine au 89ᵉ de ligne

2ᵉ ÉDITION

Prix : 3 fr. 50

GRENOBLE

PRUDHOMME, IMPRIMEUR, LIBRAIRE ET ÉDITEUR

14, rue Lafayette, 14

1868

DÉPÔT LÉGAL
N° 88
1864

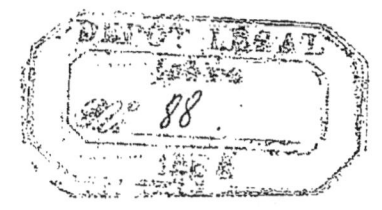

EXCURSIONS

POÉSIES

Ye   13957

Grenoble, impr. de Prudhomme. — A.

EXCURSIONS

POÉSIES

PAR

ALLEMAND DE MONTRIGAUD

Capitaine au 89ᵉ de ligne

2ᵉ ÉDITION

GRENOBLE

PRUDHOMME, IMPRIMEUR, LIBRAIRE ET ÉDITEUR

14, rue Lafayette, 14

—

1868

INTRODUCTION

—

Un soir que mon esprit flottait dans les nuages
Cherchant à s'élever au-dessus des orages,
Il aperçut un point qui, pendant un éclair,
Lui parut un écueil dans l'océan de l'air.
Dédaignant le péril, l'Esprit avec audace
S'approche de l'écueil, reconnaît le Parnasse
Dont les versants fleuris et les riants abords
Sont remplis par des flots d'harmonieux accords.
Il pénètre, attiré par les sons d'une lyre,
Espérant entrevoir la Muse qui l'inspire.
Une voix tout à coup le traite d'insensé ;
De la chaste demeure il se sent repoussé.
Mais il conserve encor quelques notes confuses
Des accords recueillis dans le palais des Muses.
Ces souvenirs du soir, j'ai voulu le matin
Les transmettre au lecteur comme un écho lointain.

EXCURSIONS

POÉSIES

~~~~~~

I

LES PETITS OISEAUX

DÉDIÉ A LA SOCIÉTÉ PROTECTRICE DES ANIMAUX.

—

GENTILS petits oiseaux qui charmez nos loisirs
Et dont le chant si pur prélude à nos plaisirs,
Dont les joyeux refrains, composés par les anges
Pour chanter du Seigneur la gloire et les louanges,
Se mêlent doucement au murmure de l'eau
Glissant sur le gravier dans le fond du ruisseau ;
Charmants petits oiseaux dont le joli ramage
Répond au doux zéphyr agitant le feuillage,

Comment peut-on chercher à vous faire souffrir,
Désirer votre mort et vous faire périr?
Lorsque partout le sol est recouvert de neige,
Quand, pressés par la faim, vous tombez dans un piége,
Il n'est, en vérité, qu'un cœur dur et méchant
Qui ne soit attendri par votre air si touchant.
On voit beaucoup d'enfants profiter, chaque année,
Pour vous faire sans crainte une chasse effrénée,
De l'époque où partout l'on rencontre des nids;
Ils détruisent les œufs, s'emparent des petits,
Ou privent ces derniers de l'appui de leur mère,
En prenant les parents, laissant dans la misère
Leurs petits, bien souvent trop faibles pour voler:
C'est être aussi cruel que de les immoler.
N'ayant plus désormais aucune nourriture,
Ils souffrent de la faim la terrible torture,
Et ne pouvant tenter le plus petit effort,
Ils trouvent dans leur nid la plus horrible mort;
Sans compter le danger qui toujours les menace
Des animaux ardents à leur faire la chasse.

C'est surtout aux enfants que j'adresse mes vers ;

Chez eux le naturel est rarement pervers :

En se livrant au mal, ils n'ont pas la pensée

De suivre les écarts d'une rage insensée ;

Tâchons de faire appel à leurs bons sentiments

Et d'exciter en eux de tendres mouvements.

Dis-moi, petit ami, tu chéris bien ta mère,

Oh ! je n'en doute pas, même plus que ton père ;

Tu dois l'aimer beaucoup, celle qui t'aime tant

Et qui saurait braver la mort pour son enfant ;

Celle qui t'a soigné, qui, pendant ton enfance,

Ouvrait ton jeune cœur aux rayons d'espérance ;

Celle qui chaque nuit, veillant sur ton sommeil,

Sans dormir elle-même, attendait ton réveil,

Le corps penché sur toi, pleine d'inquiétude,

Ne voulant pour tout prix de sa sollicitude

Que recevoir de toi le baiser du matin

Et voir avec bonheur ton sourire enfantin.

Tu dois t'en souvenir, chaque douce caresse

Etait pour son enfant un gage de tendresse.

1.

Et bien, que dirais-tu si quelqu'un méchamment
Lui faisait endurer un mauvais traitement?
Dans ce cas, j'en suis sûr, tu voudrais entreprendre
Au-delà du possible, afin de la défendre :
Il n'est aucun effort que tu ne tenterais ;
Malgré tes jeunes ans, toujours tu trouverais,
Dans un pareil moment, la force et le courage,
Afin de détourner le péril et l'orage.
Cet amour dévoué qu'éprouvent les enfants
En échange de soins si tendres, si touchants ;
Ce sentiment profond qu'inspire toute mère,
Dans un riche palais comme dans la chaumière,
Existe dans le cœur de tous les animaux
Et nous le retrouvons chez les petits oiseaux.
Ceux qui, pour se donner un plaisir éphémère,
S'emparent des petits sous les yeux de leur mère,
Ou ravissent la mère à l'amour des petits,
Ceux-là, mon cher enfant, sont des êtres maudits ;
Car ils conserveront toujours la malveillance
Dont ils sont animés dans la première enfance.

Ce n'est pas seulement pour prouver ton bon cœur
Que tu dois respecter l'œuvre du Créateur ;
Un sentiment moins pur, mais toujours respectable,
Dans cette occasion, peut être favorable ;
En cela l'intérêt peut s'unir au devoir,
Quelques faits bien connus vont te le faire voir.
Tu fus souvent piqué par ces affreux moustiques,
Ennemis du repos et voisins despotiques,
Qui, tantôt bourdonnant, quelquefois se taisant,
Te poursuivent le jour en te tyrannisant ;
Après avoir montré jusqu'où va leur audace
Et t'avoir fait changer cent fois au moins de place,
Ils vont sournoisement, pendant toute la nuit,
Avec leur aiguillon te piquer dans ton lit.
Le nombre en est si grand, qu'il nous est impossible
De nous débarrasser de ce tourment terrible.
Mais d'autres animaux peuvent nous garantir ;
Le jour, certains oiseaux ne cessent d'engloutir
D'énormes quantités de ces vilains moustiques,
En décrivant dans l'air des courbes fantastiques ;

Plus ils seront nombreux, plus ils en détruiront
Et plus facilement les enfants dormiront.
C'est aussi par l'oiseau que nous pouvons combattre
Ces mouches de malheur ardentes à s'abattre
Sur nos meilleurs morceaux, sur nos fines douceurs,
Venant sucer le sucre et goûter les liqueurs ;
Leurs cadavres, souvent, restent dans le laitage ;
Elles cherchent surtout la viande, le fromage,
Les pâtés, les gâteaux, les plats sucrés divers,
Y déposent leurs œufs qui, devenant des vers,
Forment si promptement de nombreuses peuplades
Dont les individus naissent par myriades.
Et tu ferais la guerre à ces pauvres oiseaux
Qui ne font que chasser mouches et vermisseaux !
Tu ne comprendrais pas l'intérêt de ton père.
Ces moissons, tous ces fruits dans lesquels il espère,
Ne pourront pas mûrir s'ils n'ont pour défenseurs
Ceux mêmes que tu prends pour des envahisseurs.
Si quelques petits grains perdus pour la culture
Pendant une saison forment leur nourriture,

Le reste de l'année ils sont nos bienfaiteurs
En délivrant nos champs des êtres destructeurs.
On t'a sans doute dit comment les sauterelles,
Dévorant quelquefois jusqu'aux moindres parcelles,
Ne laissent en partant que des champs ravagés
Qui ne pourront nourrir leurs maîtres affligés.
L'Egypte, l'Algérie et diverses contrées
En reçoivent parfois des masses concentrées
Qui, faisant en ces lieux des séjours désastreux,
Exercent dans les champs des ravages affreux.
Laissons multiplier nos bons auxiliaires
Qui sont de ce fléau les ardents adversaires,
Il n'est que ce moyen qui puisse préserver
Nos récoltes sur pied pour nous les conserver.
Je n'en finirais pas si je voulais décrire
Les services nombreux que chacun en retire.
Sans compter l'agrément de les voir sautiller,
D'admirer leurs couleurs, d'entendre gazouiller;
La joie et la gaîté que partout ils font naître,
Surtout lorsqu'au printemps nous les voyons paraître.

Nous devons désirer que ces pauvres oiseaux,

Rossignols et pinsons, fauvettes et moineaux,

Cessant d'être exposés pour le moindre caprice,

Ne trouvent plus la mort en nous rendant service.

Que la douce hirondelle annonçant les beaux jours

N'ait plus à redouter l'époque des amours;

Que personne ne touche à la bergeronnette,

Qu'un miroir ne soit plus la mort de l'alouette.

Que l'Enfant, le Chasseur, le pauvre Paysan

Laissent nicher en paix la perdrix, le faisan,

La grive, l'ortolan, la caille, la bécasse,

Et ne s'acharnent plus à leur faire la chasse.

On a de la bonté pour d'autres animaux,

Je la désire aussi pour ces charmants oiseaux;

Je voudrais voir chacun, dès la plus tendre enfance,

Epargner leurs petits êt prendre leur défense,

Ne jamais séparer, pour son amusement,

Ces êtres si gentils qui s'aiment tendrement.

Ses besoins satisfaits, l'homme ne doit détruire

Des êtres animés que ceux qui peuvent nuire;

C'est déjà bien assez qu'il condamne à mourir
De pauvres animaux dont il doit se nourrir.

J'ai voulu consacrer l'idylle qui précède
A défendre l'oiseau pour lequel j'intercède,
Voulant en sa faveur attendrir les enfants
Et détourner le cours de leurs mauvais penchants.
Heureux si quelques sons provenant de ma lyre
Trouvent dans certains cœurs l'écho que je désire.
Mais je dois, pour finir, étendre mon sujet,
Afin de lui donner un plus haut intérêt.

Dans toute la nature il est une harmonie
Qui nous montre de Dieu la puissance infinie.
Sa bonne Providence a réglé nos besoins,
Et pour les satisfaire elle apporte ses soins.
Sa suprême bonté constamment prévoyante
Fait dépendre de nous l'animal et la plante,
Mais à condition de ne pas abuser
De ces êtres vivants dont on peut disposer.

Les oiseaux, les poissons, l'insecte et le reptile
Ont leur rôle en ce monde où rien n'est inutile.
La plante sert d'abord pour le règne animal ;
L'animal est utile au règne végétal.
La plante épure l'air que l'animal vicie,
Et sans elle il mourrait bientôt par asphyxie ;
L'animal respirant cède à l'air, à son tour,
L'acide que la plante absorbe dans le jour.
Les deux règnes sont donc, grâce à la Providence,
Toujours en équilibre et toujours en présence.
Tout est prévu par elle et tout est calculé
Pour que l'ordre établi ne soit jamais troublé.
Dans le règne animal, s'il advient qu'une espèce
Tende à diminuer ou même disparaisse,
Il se produit ailleurs une augmentation
Qui permet d'établir la compensation.
Si celle qui s'en va nous rendait des services,
Nous était agréable et faisait nos délices,
Il peut nous arriver qu'une autre en augmentant
Cause à nos intérêts un dommage constant.

Ne détruisons donc pas les espèces utiles

Et ne les traquons pas comme on fait des reptiles ;

Ne faisons pas périr les jeunes nourrissons,

Ni les œufs des oiseaux, ni le frai des poissons.

Ménageons ce qui sert pour notre nourriture

Et ne dissipons pas les biens de la nature.

Profitons de ces biens, mais sans en abuser ;

Pensons que gaspiller n'est pas utiliser.

II

LA CHARITÉ INTELLIGENTE

—

Pendant que, sur la terre, un blanc manteau de neige
Dérobe à nos regards les plantes qu'il protége,
Beaucoup de malheureux souffrent à la maison,
Exposés aux rigueurs de la froide saison;
Le vieillard est sans feu, son enfant sans chaussure,
Et la faim vient se joindre au grand froid qu'on endure.
C'est là qu'il faut aller faire la charité,
Consoler le malheur, charmer par la bonté,
Voir si l'on a du bois, s'il est à la fenêtre
Quelque carreau cassé par où le vent pénètre,

Porter un peu de pain pour le plus indigent,

Un remède au malade, ainsi qu'un peu d'argent.

Ah ! combien il est doux pour les pauvres familles

De recevoir des mains de chastes jeunes filles

Du pain, du vin, du linge ou quelques vêtements

Dont on a tant besoin dans ces tristes moments !

C'est ainsi que doit faire une âme charitable ;

Alors ce qu'elle donne est vraiment profitable,

Au lieu d'encourager des mendiants crasseux

Ou le mauvais vouloir de quelques paresseux.

Il n'est aucun mérite à puiser dans sa bourse,

Quand on ne voudrait pas faire une seule course.

C'est aussi pour le riche un dangereux écueil,

De chercher, en donnant, ce qui flatte l'orgueil.

Dieu ne sait aucun gré de quelques sacrifices

Faits pour lui consacrer de riches édifices,

Lorsqu'on a près de soi tant de vrais indigents

Qui cachent leurs besoins, même les plus urgents.

Cherchez et secourez les gens dans l'infortune,

Dieu récompensera la démarche opportune ;

Ayez pour l'affligé des consolations,

Pour le nécessiteux beaucoup d'attentions ;

Allez calmer la faim , soigner la maladie ,

Mais n'ayez qu'un refus pour celui qui mendie ;

J'excepte le vieillard et c'est presqu'à regret.

L'argent du mendiant profite au cabaret :

On voit souvent, le soir, dans un état d'ivresse

Ceux à qui, le matin, l'on a donné la pièce.

III

L'ANE DE FAIDIÈRES

—

Au mois d'août 1867, onze officiers du 89ᵉ de ligne, en garnison à Grenoble, entreprirent l'ascension du pic de Belledonne; ils prirent un âne à Revel pour porter leurs provisions et quelques effets jusqu'à l'endroit où ils devaient passer la nuit. L'âne, qui était de Faidières, petit hameau voisin de Revel, étonna tout le monde par son instinct, sa vigueur et son agilité dans les plus mauvais passages, surtout lorsque la nuit fut arrivée. On marcha jusqu'à dix heures et demie du soir.

C'est pour l'âne de Faidières que cette pièce de vers a été composée.

Modeste Bourriquet, bonne et vaillante bête,
Sous tes oreilles d'âne on trouve plus de tête
Que sous le vieux chapeau de ton maître abruti
Qui, se croyant très-fort, n'est que ton apprenti.

Parmi les animaux, l'on trouve des espèces
Ayant plus d'agréments, donnant plus de caresses.
L'un nous fournit sa chair, un autre sa toison,
L'un s'attache à son maître et l'autre à la maison,
Tel a le poil plus riche et la robe plus belle;
Mais on n'en trouvera jamais de plus fidèle,
De plus dur au travail, de plus reconnaissant
Et pour tous ces motifs, de plus intéressant.
Il sait se contenter pour toute nourriture
De plantes sans valeur, rebut de la pâture.
Nous l'avons admiré, le soir, sur le rocher,
A l'heure où d'habitude il pouvait se coucher,
Fléchissant sous le poids d'une étonnante charge,
Portant un mauvais bât, sans bourre, un peu trop large,
Deux paniers inégaux de poids mal partagé;
Le tout, sans équilibre et toujours dérangé,
Versait à droite, à gauche, ou glissait en arrière;
Il fallait soutenir et pousser par derrière.
Dans les plus mauvais pas il marchait en avant
Et nous montrait alors un instinct étonnant;

Aux endroits dangereux il était magnifique ;

On ne comprenait pas comment une bourrique

Parvenait à gravir aussi rapidement

Ces rochers escarpés, portant son chargement.

On ne se lassait pas d'admirer ce pauvre être,

Chacun de nous voulait assurer son bien-être.

En terminant ces vers, pour lui nous demandons

Un bât plus confortable et les meilleurs chardons.

IV

LA FRANCE

FANTAISIE PATRIOTIQUE.

—

1ᵉʳ TABLEAU. — LA PAIX.

Peuples et Gouvernants, vous êtes tous nos frères,
Soyez justes pour nous, écoutez nos prières;
Nous désirons n'avoir d'autre rivalité
Que celle du travail et de l'activité.
Laissez-nous respirer l'air pur de la campagne,
Le parfum délicat des fleurs de la montagne;
Laissez-nous librement récolter nos moissons,
Laissez mûrir nos fruits, fermenter nos boissons;

Laissez-nous recueillir le miel de nos abeilles,
Les fruits de nos jardins, le raisin de nos treilles ;
Laissez-nous préparer nos vins si recherchés,
Fabriquer ces tissus vendus sur nos marchés ;
Laissez-nous élever le bœuf, la dinde et l'oie,
Le ver pour son cocon qui nous donne la soie ;
Laissez-nous cultiver nos rosiers et nos lis ;
Laissez-nous enseigner le devoir à nos fils ;
Laissez-nous diriger nos femmes et nos filles
Et goûter le bonheur au sein de nos familles.
Mais ne commettez pas une funeste erreur
En croyant inspirer la crainte et la terreur.
Le vœu que nous formons n'est pas de la faiblesse,
Nous laisser vivre en paix n'est que de la sagesse,
Car il est en tout temps prudent de ménager
Un peuple qui toujours est prêt à se venger.
Quand la France est trahie ou reçoit une injure,
Sa colère est terrible et sa vengeance est sûre.

La France menacée appelle ses enfants,
Pas un ne reste sourd à ses nobles accents.
On augmente l'armée, on forme des milices,
Et chacun se prépare à tous les sacrifices.
On voit des défenseurs surgir de tous côtés.....
Malheur aux étrangers, conquérants détestés !
Ils pensent ne trouver qu'une race flétrie,
Mais ceux qui fouleront le sol de la patrie,
Laissant de tous côtés leurs cadavres sanglants,
Serviront de risée à nos petits enfants.
Cependant l'ennemi dépasse la frontière ;
La France, à ce moment, se lève tout entière ;
Ses fils, pour la sauver, deviendront des héros,
Tant qu'elle pourra craindre, ils n'auront nul repos.
Elle a toujours compté sur sa vaillante armée,
Ardente à soutenir sa vieille renommée ;
Mais il faut tout prévoir et même les revers,
Même la trahison de quelque enfant pervers.

Pour chasser l'étranger du sol de la patrie,
Abandonnons nos champs, quittons toute industrie,
Suspendons tout commerce et courons au danger
Afin de l'éloigner ou de le partager.
Les femmes, les enfants, les vieillards, les malades,
Garderont les maisons, feront les barricades,
Servant aux ennemis du fiel au lieu de vin
Et des coups de fusil pour des morceaux de pain.
Mélangeons le charbon, le soufre, le salpêtre,
Que de chaque buisson, que de chaque fenêtre,
S'élancent constamment des messagers de mort;
Contre nos ennemis n'épargnons nul effort;
Abaissons pour toujours leur superbe arrogance
Et qu'un flot de leur sang en délivre la France.
Qui défend ses foyers n'est pas un assassin;
Battons la générale et sonnons le tocsin.

V

LE SOLDAT FRANÇAIS

FANTASSIN.

———

I. — Départ.

Parmi tous les Soldats, le plus intéressant
Que l'on voit d'habitude honnête, obéissant,
Est le jeune homme inscrit aux listes de tirage
Qui, trahi par le sort, accepte l'esclavage,
Souffrant sans murmurer, sans espoir d'avancer,
Sans aucun intérêt qui puisse le pousser.
Cet être simple et bon mérite notre estime,
Nous devons admirer le bon cœur qui l'anime,

Plaignant l'esprit étroit de quelques orgueilleux
Qui n'ont pour ce soldat qu'un regard dédaigneux.
Je veux à ses vertus consacrer quelques pages,
Certain de recueillir pour lui tous les suffrages,
Car cette humble existence est dans l'occasion
Belle de dévoûment et d'abnégation.
Prenons donc le Conscrit sortant de sa famille,
Contemplant la maison, le jardin, la charmille,
Que peut-être jamais il ne pourra revoir.
Il voudrait, mais en vain, cacher son désespoir:
Chaque objet lui rappelle un souvenir d'enfance,
Maintenant il n'a plus qu'à maudire la chance.
Son père lui remet deux ou trois pièces d'or,
Epargnes de trente ans, son modeste trésor
Amassé, sou par sou, depuis son mariage
Et qu'il faut débourser pour les frais du voyage.
S'il n'était pas si pauvre, il ne laisserait pas
Son enfant s'éloigner, s'exposer au trépas.
Le fils fait ses adieux, embrasse son vieux père
Et se jette en pleurant dans les bras de sa mère;

Suspendus à son cou, ses frères et ses sœurs,
Etouffant leurs sanglots, l'arrosent de leurs pleurs.
Jamais il n'a reçu tant de douces caresses
Et jamais il n'a fait tant de bonnes promesses.
Son cœur est bien serré dans ce triste moment,
Le chagrin qu'il fait naître ajoute à son tourment.
Il faut pourtant quitter tous ces êtres qu'il aime,
Surmonter sa douleur, faire un effort suprême ;
Le Conscrit, pour trancher ce cruel embarras,
Repousse tous les siens, s'échappe de leurs bras.
Le voilà sur la route ; il pense à sa demeure,
A son père qui prie, à sa mère qui pleure ;
Il ne trouvera plus que des indifférents,
Si loin de son clocher, si loin de ses parents.
Le village natal est sa terre promise,
Il y retournera si Dieu le favorise.
Laissons-le cheminer pour passer au moment
Où l'homme de recrue arrive au Régiment.

II. — Le Régiment.

Pendant les premiers jours de cette étrange vie,
Tout lui fait regretter sa liberté ravie ;
Il perd un peu la tête, et cet abattement
Qui le prend tout à coup ne part que lentement.
Il affecte d'avoir la figure sereine
Et sourit quelquefois pour mieux cacher sa peine ;
Personne ne peut voir son cœur se resserrer,
Tant que dure le jour il n'ose pas pleurer,
Ou, s'il verse une larme, il le fait en cachette ;
Mais dès qu'après l'appel il gagne sa couchette,
Alors il peut laisser un libre écoulement
Aux larmes qu'il n'osait verser ouvertement.
Occupé sans répit depuis la matinée,
Il n'a pas un instant dans toute la journée ;
Il est pris jusqu'au soir pour son instruction,
La garde, les appels, la distribution,

Les différents travaux, la chambre, l'exercice ;

A toute heure du jour quelque nouveau service.

Mais cette activité le forme promptement

Et bientôt l'on constate un heureux changement.

Ses membres exercés prennent de la souplesse ;

Son corps se développe, il acquiert de l'adresse.

C'est au bout de deux ans qu'on a le vrai soldat,

Il faut, pour l'achever, la route et le combat.

Modèle de conduite, il est actif et propre,

Modeste, courageux et rempli d'amour-propre,

Dévoué, simple et bon, facile à contenter,

Très-sobre, vigoureux, pouvant tout supporter.

Il témoigne toujours de la reconnaissance

Pour quiconque lui montre un peu de bienveillance.

Son bon cœur lui permet d'apprécier les soins

Que l'on a pour prévoir chacun de ses besoins ;

Il tient compte à ses chefs de leur sollicitude,

Sachant en témoigner toute sa gratitude.

III. — La Route.

Lorsque le Régiment change de garnison,
Ce qui peut arriver en mauvaise saison,
Il fait la route à pied, portant tout son bagage ;
C'est là que l'on commence à juger son courage.
Arrivant chaque jour altéré, fatigué,
Il regrette l'argent sottement prodigué,
Car le soldat n'a pas une solde assez forte
Pour se suffire en route en marchant de la sorte,
Et s'il ne trouvait pas dans l'hospitalité
L'aide que l'habitant donne par charité,
Il faudrait recourir à des moyens coupables :
Les plus pauvres, souvent, sont les plus charitables.
Parfois à la campagne il se trouve logé
Dans quelque pauvre abri, quelque endroit ravagé
Où l'on n'a pas de lit, quelquefois pas de paille ;
Il doit s'en contenter ; où voulez-vous qu'il aille ?

Les insectes souvent l'empêchent de dormir,

Il en est dévoré, c'est à faire frémir,

Et lorsqu'avant le jour il faut se mettre en route,

Au manque de sommeil la fatigue s'ajoute;

Il ne peut se tenir, il dort tout en marchant,

Et jusqu'au lieu d'étape avance en trébuchant.

Quand on a témoigné certaine bienveillance,

Le pauvre voyageur prend toujours patience;

Mais il trouve parfois des êtres dégradés

Qui n'ont que malveillance et mauvais procédés;

Notre homme est obligé d'aller à la mairie,

Alors on le relègue au fond d'une écurie;

Il s'en va de nouveau pour changer son billet;

On donne un peu de paille, il n'est pas très-douillet,

De plus, il a sommeil, la fatigue l'accable,

Il gagne en soupirant ce gîte misérable,

Et si l'habillement, dans la marche, est mouillé,

Il faut, pour le sécher, rester déshabillé.

IV. — En campagne.

L'existence en campagne est encore plus dure ;
Il dort enveloppé dans une couverture,
Obligé de rester sans se déshabiller
Et c'est son havresac qui lui sert d'oreiller ;
Il le place incliné contre une grosse pierre
Et s'étend de son mieux, sans paille, sur la terre ;
Si, pendant la journée, il a reçu de l'eau,
Il garde ses effets mouillés jusqu'à la peau.
Si l'eau, pendant la nuit, pénètre dans la tente,
Il faut aller chercher un endroit plus en pente.
Dans les mauvais terrains, l'on voit assez souvent
Les piquets de la tente arrachés par le vent ;
On doit, pour éviter de faire ainsi naufrage,
Retenir les piquets tant que dure l'orage.
En Afrique, où le pont n'est pas trop prodigué,
S'il rencontre un cours d'eau qu'il faut passer à gué,

Sans se déshabiller il ôte sa chaussure

Et traverse le gué sans le moindre murmure.

Lorsque, dans les chaleurs, il fait un long trajet,

Serré dans ses habits, chargé comme un mulet,

Il souffre de la soif ; s'il voit une fontaine,

Le plus petit ruisseau serpentant dans la plaine,

Il ne peut résister au désir d'approcher,

Mais ses chefs ont toujours soin de l'en empêcher.

Quelquefois il échappe à toute surveillance

Et se jette sur l'eau qu'il boit en abondance ;

Quelques instants après, on le voit s'affaisser

Et, malgré les secours, aussitôt trépasser.

D'autres fois, en marchant, sans aucune imprudence,

Il se sent tout à coup tomber en défaillance ;

Le soldat est atteint d'une congestion

Que cause la chaleur et la compression ;

Assez souvent il meurt ; quand on n'a plus de doute,

On le met de côté pour se remettre en route.

Il reste maintenant à suivre le Soldat

Au milieu des périls, au moment du combat.

V. — Le Combat (¹).

Depuis le point du jour, on voit toutes les troupes
Quitter les bivouacs, s'organiser par groupes,
Prendre pour le combat leurs dispositions,
Occuper promptement d'autres positions.

Les soldats sont émus, mais ils ne font paraître
Aucun des sentiments que l'attente fait naître.

Quelques-uns, priant Dieu, pensent à leurs parents,
On en trouve très-peu restant indifférents.

Tout à coup l'on entend comme un coup de tonnerre
Qui se répète au loin, faisant trembler la terre;

C'est la voix du canon qui commence à gronder
Et prend place à l'orchestre, afin de préluder.

Un autre son sinistre annonce la tempête,
C'est le boulet qui siffle en passant sur la tête;

Il est de l'Ennemi le premier messager,
Indiquant à chacun l'approche du danger.

(¹) L'auteur s'est inspiré, pour le *Combat*, de la brochure de
M. le général Trochu.

Les soldats aussitôt font le plus grand silence

Et pour quelques instants montrent moins d'assurance.

Le Général en chef a saisi ce moment,

Il arrive au galop devant le Régiment,

Fait entendre aux soldats sa parole énergique,

Cherchant à stimuler l'ardeur patriotique ;

Quelques mots seulement en parcourant le front

Peuvent électriser tous ceux qui l'entendront.

Les autres Généraux, profitant du silence,

Forment leurs bataillons suivant la circonstance.

Cependant le canon paraît se rapprocher

Et bientôt l'Ennemi commence à déboucher.

Au bruit que produisait déjà la canonnade,

Vient se joindre celui que fait la fusillade.

Les boulets font des trous en traversant les rangs

Et plus de mal encore en prenant par les flancs ;

Des torrents de mitraille accusent leur présence

En soulevant des flots d'une poussière intense

Qui, suivant leur trajet par ses soulèvements,

Indiquent leur parcours et leurs sautillements ;

Mais presqu'au même instant l'on voit ces projectiles

S'abattre sur la troupe et renverser des files.

Les obus s'enflammant projettent des éclats,

Les balles, de partout, pleuvent sur les soldats,

En blessent très-souvent, tuant un certain nombre;

On a le cœur serré, l'on devient triste et sombre.

C'est alors que l'on plaint la pauvre humanité

Déployant au grand jour tant de férocité.

L'air est tout ébranlé par ce fracas terrible

Formant, avec les cris, le bruit le plus horrible;

Orchestre formidable où domine l'airain.

Les mourants et les morts encombrent le terrain.

On voit de tous côtés des cadavres informes

Et du sang s'échappant de blessures énormes.

Des lambeaux détachés près de membres épars,

Des canons démontés près de débris de chars,

Des affûts, des fusils, des sabres, des coiffures,

Des chevaux étendus tout couverts de blessures,

D'autres, sans cavalier, courant épouvantés,

Se cabrant et ruant, fuyant de tous côtés.

VI. — Le Blessé.

Sans faire nullement parade de vaillance,
Notre brave soldat fait bonne contenance ;
Mais la soif qui commence à le faire souffrir,
La fatigue et la faim, le besoin de dormir,
La fumée et parfois une poussière intense
Provoquent dans son cœur un peu de défaillance ;
Il voudrait accomplir jusqu'au dernier moment
Ses devoirs de soldat, l'œuvre de dévoûment,
Et recevoir des chefs quelques marques d'estime.
S'écarter un instant pour lui serait un crime ;
D'ailleurs il comprend bien que l'intérêt commun
Demande jusqu'au bout les efforts de chacun.
Vers le milieu du jour, une affreuse décharge
Faite pour précéder et préparer la charge,
Vient tout à coup s'abattre et comme un tourbillon
Dégarnir en passant le front du bataillon.

L'infortuné soldat reçoit dans la poitrine
Un fort éclat d'obus ; tout en sang il s'obstine
Et peut rester debout pendant quelques instants ;
Mais malgré son courage et ses efforts constants,
Il tombe en priant Dieu de consoler sa mère
Et d'accorder encor d'heureux jours à son père.
Pouvant être surpris par des dangers nouveaux,
Comme d'être foulé sous les pieds des chevaux,
Accablé de chaleur, souffrant de sa blessure,
Il cherche du regard quelque vieille masure,
Quelqu'arbre, quelque mur, quelque endroit abrité,
Espérant y trouver de la sécurité.
Dans tous les environs, pas la moindre muraille,
Pas un petit abri sur ce champ de bataille.

VII. — Les derniers moments.

Mais le combat s'éloigne et le pauvre blessé
Arrive en se traînant sur le bord d'un fossé.

Pas une goutte d'eau pour humecter sa bouche,
Pas d'herbe sur le sol pour lui servir de couche;
Il sent qu'il va mourir. A ses derniers moments,
Il entend près de lui de sourds gémissements,
Il tourne un peu la tête en un effort suprême
Et voit contre la terre une figure blême;
Il reconnaît son chef qu'il voudrait secourir,
Car, faute de secours, ce dernier va mourir.
Il entend autre chose, attentif il écoute :
Ce sont des Infirmiers qui passent sur la route;
L'un d'entre eux aperçoit le malheureux Soldat;
Il s'approche de lui, remarque son état,
Défait ses vêtements, veut panser sa blessure
Pour calmer un instant la douleur qu'il endure.
Mais le pauvre mourant refuse les secours,
Il est près de la mort comme il était toujours;
Ne voulant pas passer avant son Capitaine,
Il le montre du bras qu'il soulève avec peine,
Disant d'une voix faible : « Allez un peu plus loin,
» Soignez mon Capitaine, il en a grand besoin. »

VIII. — Les funérailles.

Dans les premiers instants qui suivent la bataille,
On voit de tous côtés la troupe qui travaille ;
Ce n'est qu'un peu plus tard qu'il est abandonné,
Ce terrain sur lequel la mort a moissonné !
Les uns sont occupés à recueillir les armes,
D'autres cherchent les morts en cachant quelques larmes.
Pour les derniers honneurs ici l'on peut trouver
Le niveau que partout l'on devrait observer.
On dépose au hasard dans d'énormes tranchées
Des corps tout mutilés, des jambes détachées.
Les soldats et les chefs ont le même tombeau :
Ce simple enterrement n'est-il pas le plus beau?
Au milieu des soldats, le Prêtre qui célèbre
Et le son du tambour qui sert de glas funèbre,
Quand les débris humains se trouvent entassés,
Que l'on n'apporte plus de pauvres trépassés,

Le tout est recouvert d'une couche de terre ;

Plus tard on leur fera l'hommage d'une pierre.

Mais on ne peut rester plus longtemps en ce lieu ,

Il faut l'abandonner à la grâce de Dieu.

Pour indiquer l'endroit que les fils de la France

Occupent désormais dans l'éternel silence ,

Au centre de la tombe on élève une croix

Faite en quelques instants et d'un morceau de bois ;

Et pour que de plus loin sans peine on le découvre ,

On blanchit à la chaux la terre qui le couvre.

VI

LE PAPILLON

—

Fleur avide d'amour, il ne faut pas songer
A l'éclat du duvet trompeur et passager
Qu'un joli papillon fait briller pour te plaire,
Il ne veut ton amour qu'afin de se distraire.
La nature l'a fait inconstant et léger ;
La fleur qui l'aimerait sans prévoir le danger,
Qui donnerait son cœur à cet être volage,
Reconnaissant trop tard que le conseil est sage,
N'aurait dans l'avenir que regret du passé.
Aimer un papillon serait donc insensé.

VII

SA SAINTETÉ PIE IX

LES ADIEUX DU 89ᵉ, EN 1855

—

L'autorité papale étant bien rétablie,
L'ordre nous fut donné de quitter l'Italie.
Du beau séjour de Rome, on regrettait un peu
Les palais, les jardins, le climat, le ciel bleu,
Colysée et Forum, cirques, temples antiques,
Eglises, monuments, superbes basiliques ;
Mais du pays natal le tendre souvenir
Nous rendait tous heureux d'y pouvoir revenir.
Sur le point de rentrer dans cette belle France
Que l'on allait revoir après trois ans d'absence,

Tout le corps d'Officiers de notre Régiment

Se rendit au Palais avec empressement ;

Afin de recevoir les adieux du Saint-Père

Et de lui souhaiter un règne plus prospère.

C'était le Vatican qu'habitait en ce jour

Le Souverain Pontife entouré de sa cour.

Passant devant le front des Dragons et des Gardes,

Des Suisses chamarrés portant des hallebardes,

Nous traversons en corps beaucoup d'appartements

Tous garnis de tableaux, de riches ornements ;

Nous parcourons ainsi cet immense dédale

Et nous entrons enfin dans une grande salle.

Nous sommes présentés par notre Général ;

Le Pape nous adresse un discours amical,

Exprimant ses regrets, nous parlant d'espérance

Et bénissant en nous les enfants de la France.

Quand l'Auguste Vieillard a cessé de parler,

Chacun de nous s'approche, afin de défiler ;

C'est alors qu'il se passe un épisode étrange,

On voit au Vatican le singulier mélange

Des Officiers Français de cultes différents,
Quelques-uns convaincus, d'autres indifférents,
Protestant, Catholique et même Israélite,
Rendre hommage au Vieillard et pas un seul n'hésite,
Défiler un par un, s'arrêter un instant,
Puis fléchir le genou, libre et bien consentant,
Le regard sur la main que le Pontife avance,
Et baiser son anneau, symbole d'alliance.
A chacun d'eux il offre un petit souvenir,
Sa médaille d'argent qu'il a daigné bénir.

VIII

NINI

—

Nini, tel est le nom d'une petite chatte
Qui fut, dès sa naissance, infirme d'une patte ;
Cette patte trop courte est cause que Nini
Sur ses pieds ne peut être un temps indéfini.
Pour ce motif, sans doute, elle a pris l'habitude
De se tenir debout, dans la même attitude
Que l'on apprend parfois à quelques chiens savants :
Nini se donne alors des airs très-amusants.
On est tout étonné de voir la pauvre bête
Agiter en tous sens sa belle et fine tête,

3

De l'air le plus câlin se donner tant de mal,

Qu'on rit en admirant ce gentil animal,

Mettre, pour agacer, toute sa gentillesse,

Et, sans perdre courage, attendre une caresse.

Cette chatte possède un ami dévoué;

Depuis qu'elle est au monde, ensemble ils ont joué.

Ils s'aiment tendrement : si l'un des deux s'absente,

On voit l'autre agité, mécontent, dans l'attente.

Quand ils sont réunis, *Mouton*, car c'est un chien,

Ne voit plus que Nini, ne pense plus à rien;

Celle-ci de sauter sur le dos du caniche

Et chacun d'inventer quelque nouvelle niche.

Mais malgré le long poil dont il est tout garni,

Mouton sent quelquefois les griffes de Nini;

Il tourne un peu la tête et voit ce qui le gratte,

Alors il se secoue et fait tomber la chatte.

Mouton, parfois, s'étend quand il est un peu las;

Nini monte sur lui, s'en fait un matelas.

Ils dorment l'un sur l'autre, et si l'un se réveille,

Il reste sans bouger tant que l'autre sommeille.

Si quelqu'un voulait voir et connaître Nini,
Il en éprouverait un plaisir infini ;
Mais il faudrait d'abord, par pure convenance,
Obtenir de Mouton l'honneur d'une audience.
S'adresser à Voiron, chemin du Colombier,
Demander la maison dont il est le portier.

IX

LE GENDARME

—

Je veux parler ici du Gendarme français,
Le héros du foyer, le soldat de la paix;
Mais non pas seulement pour faire son éloge,
Je citerai le cas dans lequel il déroge.
Tout en appréciant le zélé serviteur,
J'éviterai toujours de devenir flatteur.
La preuve qu'il comprend le devoir qui l'enchaîne,
C'est qu'il peut inspirer la crainte sans la haine
Et qu'il est redouté de ceux-là seulement
Qui vivent sous le coup de quelque châtiment.

Lorsque le malfaiteur aperçoit un Gendarme,

Sans comprendre pourquoi, par instinct, il s'alarme,

Il l'évite, et souvent son air embarrassé

Fait naître des soupçons, chercher dans son passé.

C'est ainsi qu'on a pu se mettre sur la trace

De méfaits impunis commis par cette race.

Lorsqu'un bon citoyen n'est pas en sûreté,

Quand il est menacé de la brutalité,

Il s'adresse au Gendarme et toujours il le trouve

Prêt à faire cesser la crainte qu'il éprouve.

Si quelque malheureux doit être incarcéré

Pour un morceau de pain dont il s'est emparé,

Le bon Gendarme quête et le premier il donne,

Afin de secourir celui qu'il emprisonne.

S'il voit de pauvres gens qui souffrent de la faim,

Avec eux, de bon cœur, il partage son pain.

Dans les petits endroits souvent on le consulte ;

Il est juge de paix, fait cesser le tumulte,

Sait démêler le bien de l'œuvre du Démon

Et rend des jugements dignes de Salomon.

Lorsque quelqu'un se noie, il se jette à la nage

Et sauve très-souvent l'imprudent du naufrage.

Dans les cas d'incendie, on le voit accourir

Et tirer du danger ceux qu'il faut secourir ;

Il est infatigable et ne quitte la place

Que s'il n'aperçoit plus de lueur qui menace.

Dans les villes sans troupe, on voit un Brigadier,

Avec trois compagnons, comme un vrai chevalier,

Empêcher tout désordre, assurer la police,

Permettre aux Tribunaux de rendre la justice,

Donner à l'habitant toute sécurité,

Préserver son avoir de la cupidité.

Comment peut-il, ce Corps, avoir tant de prestige,

Un pouvoir aussi grand approchant du prodige?

Il faut l'attribuer à son recrutement,

A l'esprit qui l'anime, à son grand dévoûment.

On n'y laisse arriver que des hommes d'élite

Et qui tous ont donné des preuves de mérite.

Mais à toute médaille il existe un revers,

Et le Gendarme aussi peut avoir ses travers.

Parfois il exagère un peu son importance ,

Dépasse ses devoirs , fait de l'intolérance ;

On le voit déployer un zèle maladroit

Et devenir ainsi la terreur de l'endroit ;

Mais un abus semblable est une chose rare ,

On retient le Gendarme aussitôt qu'il s'égare.

X

L'ABSINTHE

—

1er TABLEAU. — LES TROIS GOUTTES

OU LA BOISSON RAFRAICHISSANTE

Vous dites, cher Ami, que je pourrais sans crainte
Dans un verre plein d'eau mêler un peu d'absinthe,
Trois gouttes seulement, dans les grandes chaleurs,
Pour étancher la soif, en calmer les ardeurs.
Par ce temps orageux qui m'altère et m'accable,
Je cherche une boisson qui me soit agréable ;
Je n'aime pas le grog, les sirops sont trop doux,
La bière a le défaut de me donner la toux.

Goûtons cette liqueur et, surtout, prenons garde
D'en verser un peu trop : d'essayer il me tarde.
Jusqu'ici tout me plaît, l'apparence et l'odeur ;
Oh ! l'on a bien raison de vanter sa saveur !
Cette belle liqueur est vraiment excellente
Et je sens se calmer la soif qui me tourmente.

2e TABLEAU. — LA PURÉE D'ABSINTHE

OU L'IRRITATION

Mon bon et cher Ami, c'est à vous que je dois
Mon unique plaisir depuis plus de dix mois.
Vous m'avez indiqué ce merveilleux breuvage
Auquel, en ce moment, je peux bien rendre hommage.
Depuis que j'ai suivi votre fameux conseil,
J'ai pu calmer ma soif, retrouver le sommeil ;
Tout en étant prudent, j'ai décuplé la dose
Et j'obtiens de la sorte une excellente chose :

3.

Boisson pleine d'attraits qui flatte tous les sens,
Et qu'on pourrait nommer liqueur des bonnes gens !
Garçon, mon perroquet, mettez le quart du verre ;
Pour un peu de liqueur on est toujours en guerre :
Mais versez donc encore, espèce d'animal !
Une goutte de plus ne peut faire aucun mal.

3e TABLEAU. — L'ABSINTHE PURE

OU LA FOLIE

Depuis près de six mois, je prends l'absinthe pure ;
On dit que je suis fou ; que chacun se rassure.
Prenons un second verre, il n'est pas encor tard,
Il me faut du tonique en ce temps de brouillard.
J'ai soif, encore un verre ou je fais du tapage ;
Ce verre est si petit que c'est un badinage.
Un grand verre, garçon, de l'absinthe à pleins bords,
Pour moi, c'est la santé, n'ayez pas de remords.

Je crois que le garçon de travers me regarde ;
Je meurs..., on m'assassine..., au secours, à la garde !
Ma Femme et mes Enfants sont d'accord avec eux ;
On veut mon héritage..... Au secours ! c'est affreux ! !
Garçon, mes pistolets, deux sous pour le service.
Je veux finir mes jours par un feu d'artifice.

4ᵉ TABLEAU. — L'HOPITAL ET LA MORT

Notre buveur d'absinthe, admis à l'hôpital,
Reconnaît, mais trop tard, la gravité du mal.
Son sang se décompose, il souffre le martyre ;
Au milieu des douleurs il ne fait que maudire
L'Ami qui lui donna ce funeste conseil ;
Il souffre jour et nuit, n'ayant plus de sommeil.
Le mal fait des progrès, bientôt la Chirurgie
Fait un terrible appel au reste d'énergie ;

On taille dans ses chairs à coups de bistouri.

Il trouve enfin la mort, et son corps tout pourri,

Verdâtre et repoussant, rongé par la gangrène,

Triste sujet d'étude, horrible phénomène,

Va dans l'amphithéâtre ([1]) où pendant tout un jour

On lui fait les honneurs de cet affreux séjour.

([1]) Salle où se font les dissections des cadavres.

XI

LE BON CHARLATAN

Accourez, bonnes gens ; que votre bienveillance
Arrive à mon secours dans cette circonstance.
Profitez de mon baume et soyez toujours sûrs
De ne trouver chez moi que des produits très-purs.
Celui que je vous offre apaise la souffrance,
Relève le moral, donne la patience,
Réussit à guérir les maux les plus ardents,
Peut servir de remède à tous les accidents ;
Il peut être employé dans les accès de rage,
Même en bonne santé l'on peut en faire usage.
Il est d'un bon effet pour les gens orgueilleux,
Fait trouver le bonheur même aux plus malheureux.

Il est, pendant l'été, chose rafraîchissante,

Donnant, pendant l'hiver, la chaleur bienfaisante.

Il peut aussi guérir le désespoir d'amour,

D'un époux infidèle amener le retour.

Quand la femme est trop folle ou le mari trop sage,

Si l'on veut ramener la paix dans le ménage,

On prend un peu de baume et dans un long baiser

On voit toute discorde aussitôt s'apaiser.

On s'en sert à la guerre et même en politique;

Pris par le militaire, il le rend pacifique.

Il empêche les vols, émousse les poignards,

Fait grandir les enfants, rajeunir les vieillards.

Vous me demanderez quel est le bénéfice

Que je désire avoir pour vous rendre service.

Je ne fais pas payer, je ne demande rien

Que l'estime de ceux à qui je fais du bien.

— Comment, un Charlatan refuse le salaire !

Donner sans recevoir n'est pas chose ordinaire.

— Je suis un Charlatan, ce titre est peu flatteur,

Je veux le relever, devenir bienfaiteur.

D'ailleurs on ne pourra que me rendre justice,
Je me donne pour tel et sans nul artifice;
Mais ayant les moyens de faire le rentier,
Ce n'est pas par besoin que je fais ce métier.
Beaucoup de Charlatans n'ont pas cette franchise;
Avocat, Militaire et même Homme d'Eglise,
Médecin, Magistrat, cherchent à le cacher,
Craignant, avec raison, de vous effaroucher.
Mais aucun ne dira ce que j'ose vous dire,
Aucun n'ira crier dans tout ce vaste empire:
Je suis un Charlatan, je veux vous attirer
Pour vous donner mon baume et vous régénérer.
Mais quel est, dites-vous, ce secret de sorcière?
Calmez-vous, braves gens, mon baume est la PRIÈRE.

XII

DIEU

—

Ce qu'on appelle Dieu, Seigneur ou Providence,
C'est cette volonté, cette toute-puissance
Au suprême degré de la perfection,
Qui donne à l'Univers l'immense impulsion.
Distribuant partout le principe de vie,
Il maintient sous ses lois la nature asservie.
Infini pour l'espace, il est l'immensité ;
Infini pour le temps, il est l'éternité ;
Infini pour l'amour, la bonté, la justice.
Mais tout ce que j'en dis n'est qu'une faible esquisse ;

Car il est impossible à nous, pauvres humains,
De gravir ces hauteurs de nos pas incertains.
Ceux qui veulent sonder la nature divine
Et, dans la sombre nuit, former une doctrine,
N'arrivent à traiter qu'un sujet amoindri ;
Ils nous donnent un Dieu tellement rabougri,
Si petit, si chétif pour un si grand empire,
Qu'on ne peut y songer sans éclater de rire.
Au lieu de faire effort pour s'élever vers lui,
Ils l'abaissent vers eux pour lui servir d'appui.

XIII

LE MÉNAGE ENFUMÉ

—

Mon cher petit mari, vous n'êtes pas aimable
De vouloir m'imposer cette odeur détestable ;
Depuis plus de dix mois que nous sommes unis,
J'espère tous les jours voir mes tourments finis ;
Vous me l'avez promis le jour du mariage,
Afin d'avoir toujours l'accord dans le ménage.
Je peux comprendre encor qu'on fume étant garçon
Au milieu des amis fumant à l'unisson ;
Mais lorsqu'on se décide à prendre une compagne,
Que l'on soit à la ville ou bien à la campagne,

Il faut, si l'on désire un peu se faire aimer ,

Lui faire un sacrifice et ne jamais fumer.

Pensant que je pourrais en prendre l'habitude,

J'ai supporté longtemps avec mansuétude

L'odeur désagréable et pleine d'âcreté

Qu'exhale le tabac par moi tant détesté.

Mais plus je veux lutter, plus cela m'est pénible ;

Je crois qu'il me sera pour toujours impossible

D'habituer mes nerfs à cette étrange odeur

Et de rester en paix l'épouse d'un fumeur.

De la part d'un mari c'est par trop d'égoïsme,

Je peux même ajouter que c'est du despotisme ;

Voyant que votre épouse a fait ce qu'elle a pu

Pour que le bon accord ne soit jamais rompu,

Il faut à votre tour lui rendre ce service ;

C'est un besoin pour elle et non pas un caprice.

En prenant un cigare, afin de l'allumer,

Vous me demandez bien si vous pouvez fumer,

Mais vous ne pouvez pas attendre la réponse

Et vous n'entendez pas les mots que je prononce.

Pendant que vous fumez, je ne peux résister.

Dans les commencements j'ai voulu protester,

Vous m'avez répondu que la persévérance

Dissiperait bientôt toute ma répugnance,

Et que je devais faire une concession

Afin d'avoir des droits à votre affection.

Non-seulement je souffre en vous voyant sans cesse

Vous livrer au tabac malgré votre promesse,

Mais lorsque, par hasard, vous sortez un moment,

Je retrouve l'odeur dans tout l'appartement.

Vos habits imprégnés me sont désagréables,

Ils me causent toujours des dégoûts incroyables.

L'odeur s'attache à tout, pénètre dans la peau,

Elle imprègne le linge et même le chapeau.

Lorsque, dans un moment d'amour et de tendresse,

Je désire obtenir une pauvre caresse,

Je m'approche de vous, mais l'exécrable odeur

Aussitôt me repousse et calme mon ardeur.

Toute mon existence en est empoisonnée,

Je pleure nuit et jour depuis près d'une année.

Vous ne comprenez pas ce qui se passe en moi,

Tout ce qui me torture et me met en émoi.

Le parfum s'exhalant d'un corps plein de jeunesse

Vient exciter les sens, causer la douce ivresse ;

Mais comment pouvez-vous vous en apercevoir

Sous la mauvaise odeur que vous voulez avoir ?

Nous osons tout au plus en augmenter le charme

Par l'emploi mesuré d'une petite larme

De la plus douce essence ou du meilleur parfum,

Ayant soin de choisir le moment opportun.

Avec votre odorat que le tabac déprave,

Vous ne pouvez saisir l'odeur la plus suave.

Vraiment on pourrait croire, à vous voir persister,

Qu'en agissant ainsi, vous voulez éviter

De laisser constater la douceur de l'haleine ;

Cessez, dans ce cas-là, de prendre tant de peine ;

Car, soyez-en bien sûr, toute espèce d'odeur

Est pour moi préférable à celle du fumeur.

Ou bien faut-il penser que votre tabagie

Puisse avoir pour objet d'enrichir la Régie?

Vous qui trouvez toujours l'impôt trop onéreux,
Vous devrez avouer qu'il est bien malheureux
De payer à l'Etat, sans avoir à vous plaindre,
Un impôt pour lequel on ne peut vous contraindre.
Que de pauvres Vieillards on pourrait secourir
Avec l'argent qui sert à me faire mourir !
Je déplore qu'un homme, en suivant ses caprices,
Arrive à se créer des besoins tout factices,
Qu'il s'en fasse l'esclave au point de s'abaisser
A me manquer d'égards et presque à m'offenser.

XIV

LE PARASITE DES FEMMES

—

Un Monsieur sans canne et donnant le bras à une Dame, regarde un étalage. Un autre monsieur ayant un lorgnon et
une canne, est arrêté à une petite distance de la Dame et la
regarde avec persistance.

LE MARI A LA DAME

Bien, le voilà planté comme un vrai champignon,
Ce jeune homme sans cesse armé de son lorgnon,
Qui, depuis quinze jours, vient sur votre passage
Pour vous faire admirer son déplaisant visage.
Prenez donc le parti de ne pas regarder.

LA DAME

Il semble avec les yeux vouloir me poignarder.

LE MARI

Il est horrible, affreux, quoiqu'en pleine jeunesse.
Vous m'avez souvent dit qu'une femme en grossesse
Ne doit pas regarder des êtres trop hideux,
De peur de mettre au monde un enfant monstrueux.

LA DAME

Il n'est pourtant pas mal, et je trouve, au contraire,
Qu'il a tout ce qu'il faut pour arriver à plaire.

LE MARI

Comment! vous soutenez que cet homme importun
Est dans le cas de plaire avec son air commun?
Vous pouvez aussi bien dire que la Nature
A fait une faveur à cette créature

En la gratifiant de ce sixième sens

Appelé le *lorgnon*, qui manque à tant de gens.

Pour ceux qui sont forcés d'avoir cet appendice,

Il peut être souvent d'un excellent service.

L'être que nous voyons s'en fait un agrément,

Il ne montre son nez qu'avec cet ornement.

Si ce vil séducteur n'était que ridicule,

Il pourrait vous lorgner de l'aube au crépuscule,

Je me garderais bien de m'en inquiéter ;

Mais voici le danger que l'on doit redouter :

Du matin jusqu'au soir courant à l'aventure,

Sans occupation, ne rêvant que luxure,

Il n'a jamais appris qu'à battre le pavé

Pour chercher une idole à son cœur dépravé.

Ne réussissant pas dans son libertinage,

Se voyant repoussé des Femmes qu'il outrage,

Il ose se venger avec méchanceté

En les déshonorant par quelque lâcheté.

S'il a dans la poursuite audace et persistance,

Il en a plus encor pour avoir sa vengeance ;

4

Et l'on voit quelquefois des Femmes transiger,
Se livrant sans amour, par crainte du danger.

(*S'adressant au jeune Homme.*)

Monsieur, pourquoi rester près de nous dans la rue,
En nous lorgnant toujours sans nulle retenue?

LE JEUNE HOMME

Ce que je fais, Monsieur, vous le faites aussi;
Une affaire me force à m'arrêter ici.

LE MARI

Je dois me défier de ces Célibataires
S'arrêtant près de nous sous prétexte d'affaires.

LE JEUNE HOMME

C'est très-juste, Monsieur, je vais donc vous laisser;
Mais j'aurai soin d'abord de vous débarrasser
En priant humblement Madame votre Epouse,
Si votre éloignement ne la rend pas jalouse,
De vous laisser ici pour accepter mon bras.

LE MARI

Vous seul, en ce moment, causez mon embarras ;
Si j'avais une canne, il me serait facile
De montrer ce que gagne un fat, un imbécile,
A venir débiter ces insolents propos ;
Je vous en frapperais sans prendre aucun repos.

LE JEUNE HOMME

Oh ! si vous y tenez, que rien ne vous retienne,
Pour vous faire plaisir, je vous prête la mienne.
(*Il présente sa canne.*)

LE MARI

Je refuse, et pourtant il serait de bon ton
De punir votre audace avec votre bâton.

LE JEUNE HOMME

Madame votre épouse est bonne et généreuse ;
De prendre ma défense elle serait heureuse.

LE MARI

Je suis tenté de prendre un parti violent !
Agathe, emmenez-moi loin de cet insolent.

LE JEUNE HOMME

Monsieur, je vous salue.

(*A part.*) Elle est vraiment charmante,
Il faut que je la suive et que je me présente.

XV

LA COLÈRE DE DIEU

—

Depuis que je suis né, j'entends parler sans cesse,
De *colère de Dieu*, de *foudre vengeresse;*
C'est ainsi qu'on présente au peuple épouvanté
Dieu, modèle d'amour, de pardon, de bonté.
Ne le comprenant pas, ne le pouvant comprendre,
Des zélateurs fâcheux ne cessent de répandre
Sur tous ses attributs tant de stupidités,
Que les gens de bon sens en sont tout attristés.
Ils décrivent en chaire à leurs pauvres Ouailles
Un Dieu plein de rancune, usant de représailles,

Terrible en sa colère, ardent à se venger,

Lançant toujours la foudre afin de corriger ;

Ils veulent éblouir les badauds du village

Et, pour expliquer Dieu, le font à leur image.

Mais chaque jour le Peuple est plus intelligent

Et, dans son gros bon sens, devient plus exigeant.

Ce n'est pas en tonnant du haut de cette chaire,

En prêtant au Seigneur la haine et la colère,

En donnant au méchant la peur du châtiment,

Qu'on peut le retirer de son aveuglement.

Il faut avec douceur répandre la semence,

Exciter le remords, cri de la conscience,

Puis donner de l'empire au sentiment du bien ;

C'est avec la douceur qu'on forme le Chrétien.

Quel mérite aura-t-on, si ce n'est que la crainte

Qui détourne du mal et force à la contrainte ?

C'est l'objet de nos lois, dont la pénalité

Fait la protection de la Société.

Inspirer de l'effroi, c'est le but du Gendarme ;

Ce n'est pas le Curé qui doit jeter l'alarme.

Le Prêtre intelligent, dans son enseignement
S'adresse à la raison, cherche le sentiment,
Au lieu, dans ses discours, de lancer l'anathème
Et, pour chercher l'effet, d'exhaler le blasphème.
Restant dans le bon sens et la simplicité,
Il peut toujours parler avec autorité.
Alors on ne voit pas aux portes de l'Eglise,
Des rieurs enchantés d'entendre une sottise.

XVI

LE COUVENT

—

LA MÈRE A SA FILLE

LE 30 DÉCEMBRE

Tu vas réaliser ton plus ardent désir,
Ton cœur palpitera de joie et de plaisir ;
Mais ta mère sera bien plus heureuse encore
De pouvoir embrasser son Enfant qu'elle adore :
Accours, sans plus tarder, ma chère Fille, accours ;
Auprès de tes parents viens passer quelques jours.
C'est le plus grand bonheur pour une jeune fille
De se sentir renaître au sein de sa famille.

LA FILLE A SES PARENTS

LE 1er JANVIER

Je veux, mes chers Parents, profiter de ce jour
Afin de vous donner une preuve d'amour.
Pour vous, je vais tenter de gravir le Parnasse,
Mais il faut soutenir mon innocente audace.
Dans mes premiers essais, si je vais de travers,
C'est un devoir pour vous de corriger mes vers;
Ne laissez rien passer, vous devez tout me dire ;
J'ai besoin de conseils pour accorder ma lyre.
Dans mon cœur je sens naître un poétique élan
En formulant mes vœux du premier jour de l'an.
Dans ce jour de souhaits, mon Dieu, je vous en prie,
Bénissez mes Parents, protégez ma patrie ;
Conservez la santé des auteurs de mes jours
Et laissez-moi près d'eux pour les aimer toujours;
Que je vive autant qu'eux pour soigner leur vieillesse,
Et pour leur prodiguer des marques de tendresse.

4.

Accordez le bonheur à ceux qui me sont chers ;
Seigneur, préservez-les des chagrins, des revers.

LA RENTRÉE AU COUVENT

LE 3 JANVIER

Adieu, mon cher Papa, mon excellente Mère ;
Adieu, mes bonnes Sœurs ; adieu, mon petit Frère,
Et toute la Famille et tous mes bons Amis :
De retarder encore il ne m'est plus permis.
Je vais avoir bien froid pendant toute la route,
Mais ce n'est pas le froid, vraiment, que je redoute ;
Je crains plus les adieux que la neige et le vent ;
Mon cœur est trop serré quand je rentre au couvent.
Car, malgré tous les soins, pour une jeune fille,
Rien ne peut remplacer l'amour de la Famille.

XVII

AUX HABITANTS DE VOIRON

LE 31 DÉCEMBRE 1867

———

Au moment où mes vers tremblotent sous la presse
Craignant que le grand jour ne montre leur faiblesse,
Notre petit esquif abrité dans Voiron
S'agitera ce soir sous un coup d'aviron,
Et franchira le seuil d'une nouvelle année
Pour suivre le courant de notre destinée.
Hôte des Voironnais, je fais pour chacun d'eux
Les vœux de nouvel an les plus affectueux.
Ils ont pour nos Soldats beaucoup de bienveillance,
Je dois leur témoigner de la reconnaissance.

S'il arrive à mes vers de trouver un lecteur,
Qu'il transmette l'hommage et les vœux de l'auteur.
Habitants de Voiron, les Soldats sont vos Frères,
Ils ont aussi des Sœurs, ils ont aussi des Mères
Qui sauront reconnaître, en priant le bon Dieu,
Les soins que nos Soldats recevront en ce lieu.

XVIII

LA CHARITÉ A GRENOBLE

—

Ouvrez-moi, mes amis, je suis la Charité.
Si je m'adresse à vous dans la prospérité,
C'est pour vous secourir lorsque, dans la tempête,
Le souffle du malheur passe sur votre tête.
Recueillez à présent des bénédictions
Qui serviront de baume à vos afflictions.
Je viens de visiter les mansardes des villes,
J'ai trouvé des vieillards malades et débiles
Couchés sur des grabats, presque sans vêtements,
Sans remèdes, sans feu, même sans aliments ;
De pauvres orphelins laissés dans la misère,
Réduits à demander l'assistance étrangère ;

Des pères qui n'ont plus un seul morceau de pain

A donner aux enfants pour apaiser leur faim ;

Des mères dont le lait, faute de nourriture,

N'arrive plus au sein que leur enfant pressure.

J'ai vu mettre à la porte, au milieu de l'hiver,

Des pauvres en retard pour un loyer trop cher.

J'ai vu bien des malheurs, j'ai vu bien des misères,

Et tous les jours j'assiste à des douleurs amères.

Tant que les malheureux sont en bonne santé,

Ils peuvent espérer dans leur activité ;

Mais lorsque sur leur corps le mal fait son empreinte,

Et qu'ils restent soumis à sa terrible étreinte,

Ils sont bientôt forcés de tout abandonner

Pour se livrer aux soins qu'on daigne leur donner.

Les épargnes s'en vont, le pain quitte la huche,

Et l'on n'aura plus rien si l'on casse la cruche.

Le pauvre atteint de fièvre éprouve le frisson

Et l'eau de la fontaine est sa seule boisson.

Il la prend pour calmer le feu qui le dévore,

Mais, au lieu de cesser, la soif augmente encore.

Sous de mauvais haillons le mal a plus d'ardeur,
On a trop froid l'hiver, l'été trop de chaleur.
La couche du malade est infecte et bien dure,
Et souvent sur sa plaie on voit la pourriture.
Des êtres repoussants par leurs infirmités,
Quand ils sont indigents, ne sont pas assistés;
Ils n'ont pas un ami pour soigner leurs ulcères,
Pour arranger leur couche ou jeter leurs matières.
J'ai même découvert quelques pauvres mourants
Abandonnés de tous, même de leurs parents.
Pour tous ces malheureux je demande assistance
A tous ceux d'entre vous qui vivent dans l'aisance.
Ce que vous dissipez pourrait les soulager.
C'est votre superflu qu'il faudrait partager.

XIX

LA JEUNE FILLE ET LA PAQUERETTE

—

1re CONSULTATION : **Un peu**

LA JEUNE FILLE, LE 1er MARS

Petite fleur des champs, dis-moi ce que tu penses ;
Oh ! vite, dis-le moi, car je suis dans les transes.
Puis-je nourrir l'espoir de posséder son cœur,
Ou dois-je renoncer à goûter le bonheur ?

LA PAQUERETTE

Tu voudrais inspirer la douce sympathie
A celui pour lequel ton cœur l'a ressentie ?
Quand tu verras ses yeux briller d'un nouveau feu,
Alors tu pourras dire : Il m'aime, Il m'aime un peu.

2e CONSULTATION : **Beaucoup**

LA JEUNE FILLE, LE 1er AVRIL

Petite fleur des champs, dans ses yeux j'ai pu lire
Le signe qui m'indique un amoureux délire.
Je voudrais à présent savoir s'il m'aime bien,
S'il éprouve un amour aussi fort que le mien.

LA PAQUERETTE

Lorsqu'il te prend la main, dans une douce ivresse,
Il la porte à son cœur, sur sa bouche il la presse ;
Tu sens son cœur bondir, tu le vois s'animer.
Pour être aussi bizarre, il faut beaucoup aimer.

3e CONSULTATION : **Passionnément**

LA JEUNE FILLE, LE 1er MAI

Petite fleur des champs, je veux savoir encore
Si le feu de l'amour l'embrase et le dévore,
Si l'élu de mon cœur m'aime avec passion,
S'il n'est pas de limite à son affection.

LA PAQUERETTE

La vive passion vient après l'hyménée ;
L'amour a triomphé, la lutte est terminée.
Ce n'est qu'au doux instant de la possession
Que naîtra dans vos cœurs l'ardente passion.

4ᵉ CONSULTATION : ????

LA JEUNE FILLE, LE 1ᵉʳ JUIN

Petite fleur des champs, je suis toute joyeuse,
Car je suis son épouse et mon âme est heureuse.
Mais je voudrais savoir s'il m'aimera toujours,
Ou si je pleurerai la fin de nos amours.

LA PAQUERETTE

Vos transports s'éteindront avec votre jeunesse ;
L'amour n'embrase plus dans la froide vieillesse.
Mais si l'on ne peut pas toujours être amoureux,
On peut longtemps encore avoir des jours heureux.

XX

LA CONSCIENCE ÉLASTIQUE

—

Il est mille moyens de porter préjudice,
De léser le prochain, de faire une injustice.
La législation ne peut pas tout prévoir
Afin de protéger la personne et l'avoir.
Combien voit-on de gens flairant la souricière,
Ne franchissant jamais la sinistre barrière
Au-delà de laquelle un Code protecteur
Déclare au maladroit qu'il est un malfaiteur !
L'homme habile a beau jeu pour l'indélicatesse.
Narguant les tribunaux qu'il frise avec adresse,
Il se dit honnête homme, il parle avec fierté
De sa délicatesse et de sa probité,

Témoignant pour le vice une horreur très-profonde.

Il est facile ainsi d'éblouir certain monde.

Ne faisons aucun cas des protestations,

Elles sont peu d'accord avec les actions.

De sa part ce n'est pas toujours une imposture ;

Parfois sa probité n'a pas d'autre mesure

Qu'un article inséré dans le Code pénal,

Article qui le guide et lui sert de fanal.

Sa conscience alors s'étend avec souplesse ;

Il ne peut rien comprendre à l'indélicatesse ;

Il trouve naturel ce qu'un autre flétrit,

Excellent ce qui n'est ni crime ni délit.

Quelquefois on l'entend s'enorgueillir sans honte

D'avoir fait au prochain les *bons tours* qu'il raconte ;

Il est tout étonné lorsque son auditeur

Accueille son discours avec de la froideur.

Mais le mal le plus grand dans ce triste étalage

C'est que l'on n'ose pas flétrir avec courage

Ces actes admirés des gens peu délicats ;

Il peut en découler de fâcheux résultats.

N'étant pas avertis, ne croyant pas mal faire,
Ils agissent de même à la première affaire.
Soyons donc disposés à leur ouvrir les yeux
En infligeant un blâme à tout acte honteux.
Cependant, dira-t-on, puisque la Providence
N'a pas voulu donner à chaque conscience
Un degré suffisant de sensibilité
Pour lui servir de guide en toute sûreté,
Où pourrons-nous trouver quelque moyen facile
Pour remplacer en nous d'une manière utile
Ce sentiment du bien, cette intuition,
Qui nous fait discerner la mauvaise action ?
Consultez pour cela le Code Evangélique
Qui réprouve et flétrit la morale élastique.
Sois envers ton prochain, dans toute occasion,
Ce que tu veux qu'il soit dans ta position.
Cet article premier résume la morale,
Et l'application partout doit être égale.

XXI

LE DÉCROTTEUR

—

Cirer, Monsieur, cirer ? Pas de chance aujourd'hui.
Ah ! qu'on est malheureux de dépendre d'autrui !
Voici déjà midi ; deux sous de bénéfice !
J'inspire à la fortune un singulier caprice.

Cirer, Monsieur, cirer ? Deux sous pour déjeuner
Et sans savoir encor si je pourrai dîner.
Je dois payer en outre avec ma faim canine
La tasse de café qu'il faut pour Joséphine.

Cirer, Monsieur, cirer ? Je me ferai bandit,
Car personne ne veut me donner à crédit.
En ma profession l'on n'a pas confiance.
Le pauvre Décrotteur n'est jamais dans l'aisance.

Cirer, Monsieur, cirer? Au moins si le Bourgeois,
Même en me disant *non*, répondait quelquefois.
Par mes prétentions suis-je donc ridicule
En osant m'adresser au Bourgeois qui circule?

Cirer, Monsieur, cirer? Quelques mauvais plaisants
A ceux dont les souliers sont propres et luisants
Veulent à toute force imposer leurs services;
Moi , je ne songe pas à toutes ces malices.

Cirer, Monsieur, cirer? Dans ma profession
Je ne peux pas avoir beaucoup d'ambition.
Je ne demande pas que le Bourgeois s'explique
Et dise : *Non, Monsieur, c'est pour mon Domestique.*

Cirer, Monsieur, cirer? Depuis que je suis né ,
Le titre de Monsieur ne m'est jamais donné.
Je m'en passe très-bien ; que m'importe le titre ,
Si j'ai de quoi dîner et boire un demi-litre?

Cirer, Monsieur, cirer? Dimanche, un Employé
M'a traité d'animal, m'a même rudoyé,

Parce qu'en noircissant le talon d'une botte,
J'avais eu le malheur d'y laisser de la crotte.

Cirer, Monsieur, cirer? Brusquer un Décrotteur !
Mais si j'allais aussi brusquer un Vidangeur,
Je passerais partout pour un aristocrate.
Ma mission, vraiment, est par trop délicate.

Cirer, Monsieur, cirer? Je crois que c'est fini;
Tout le monde se cire ou porte du verni.
Sur ce maudit pavé, jamais la moindre boue,
Jamais on ne se souille auprès de quelque roue.

Cirer, Monsieur, cirer? C'est la morte saison :
Pas le moindre nuage autour de l'horizon,
Pas le plus petit vent pour me rendre service ;
Avec les éléments le soleil est complice.

Cirer, Monsieur, cirer? C'est un vrai ciel d'azur ;
Je peux mourir de faim avec un ciel si pur.
Il faudrait à présent payer des créatures
Pour salir les effets et souiller les chaussures.

Cirer, Monsieur, cirer? Détestable métier,
Jamais il n'a permis de devenir rentier.
Il ne peut me suffire, il faut que je cumule
Si je veux me nourrir pendant la canicule.

Cirer, Monsieur, cirer? Je peux noyer les chats,
Tondre les chiens moutons, faire la chasse aux rats,
Extirper sans douleur les cors à domicile
Et sur les vêtements ôter les taches d'huile.

Cirer, Monsieur, cirer? Par mon activité
Je veux me rendre utile à la Société,
Imiter la fourmi, songer à la vieillesse
Et ne plus dissiper le temps de la jeunesse.

Cirer, Monsieur, cirer? Il faut me remuer
Si je veux voir vers moi le travail affluer,
Au lieu d'attendre ici qu'il arrive un nuage
Pour salir la chaussure et m'offrir de l'ouvrage.

XXII

LA FÊTE-DIEU

—

En France, la plus belle et la plus magnifique
De nos solennités du culte catholique
Est la procession qu'on fait en chaque lieu
Pour célébrer le jour nommé la Fête-Dieu.
Cette fête est surtout agréable à l'enfance
Qui désire ce jour avec impatience.
Les plus petits garçons, parés de leurs atours,
Sont propres et coquets, beaux comme des amours.
Quel triomphe en ce jour pour les petites filles !
On les voit s'avancer mignonnes et gentilles,

Portant joyeusement des corbeilles de fleurs

Que suspendent au cou des rubans, des faveurs.

Sur leurs cheveux frisés la couronne repose ;

Dans leur belle toilette, on voit du bleu, du rose,

La fraîche mousseline et le brillant satin ;

Le tout est embelli par leur charme enfantin.

La vierge de seize ans a mis sa robe blanche,

Sa tête sur son livre avec grâce se penche ;

Ses beaux yeux sont baissés et ses doigts élégants

Se trouvent enfermés dans de tout petits gants.

Un petit Saint Joseph, la hâche sur l'épaule,

S'avance tout joyeux et tout fier de son rôle.

Quelques garçons plus grands portent des encensoirs.

Sur le parcours entier, des fleurs, des reposoirs,

Des guirlandes de buis, des feuilles, des couronnes,

Ouvrages délicats faits par des mains mignonnes ;

Des tapis et des draps, des caisses d'orangers ;

Le sol est tout jonché de branchages légers.

Pendant tout le trajet, des chœurs, de la musique,

Ou bien la voix d'un prêtre entonnant un cantique.

Enfin, pour terminer ce cortége pompeux,

Vient le Saint Sacrement sous un dais somptueux

Garni de velours pourpre et de riches dorures ;

Des franges or et soie en forment les bordures ;

De grands panaches blancs les coins sont surmontés ;

Et des flèches de bois supportent les côtés.

Sous le frais baldaquin, portative chapelle,

Le prêtre qui poursuit sa marche solennelle.

Il porte entre ses mains l'ostensoir consacré,

Soleil d'or ou d'argent, symbole vénéré.

Vers tous les reposoirs le Prêtre s'achemine

Pour bénir en plein air la foule qui s'incline.

XXIII

LA LETTRE DE FAIRE PART

—

On reçoit quelquefois des avis mortuaires
Qu'on pourrait appeler *réclames funéraires*.
En tête de la lettre il existe une croix ;
Quel est le sentiment qui peut dicter ce choix ?
C'est bien l'humilité qu'indique le symbole ;
Mais il sert à masquer le but le plus frivole.
Car en lisant la lettre, au lieu d'humilité,
On voit percer partout l'orgueil, la vanité,
On y fait défiler tous les parents illustres,
Ayant soin d'oublier les pauvres et les rustres ;
On va chercher bien loin certaine parenté,
Quand un parent plus proche est laissé de côté.

On met après le nom de chaque personnage,
Les titres, les emplois dont on fait l'étalage,
Tout ce qui peut flatter des êtres vaniteux.
Ce genre de réclame est un abus honteux.
Encor s'il remplissait le but que l'on désire ;
Mais non, tout au contraire, et l'on ne fait qu'en rire.
Indiquez donc aussi la fortune du mort,
Se rentes, ses maisons, ses terres, leur rapport,
Le nom du médecin qui soigne la famille,
Le nombre des valets, le tailleur qui l'habille,
Le prix que l'on doit mettre aux vêtements de deuil,
Le bois qu'on a choisi pour faire le cercueil.

XXIV

LE MOUTON-TIGRE

—

La scène se passe dans le jardin de M. Plumet. Mᵐᵉ Plumet
cause à voix basse avec un jeune homme, son cousin. M. Plumet se promène en regardant de temps en temps de leur côté.

MONSIEUR PLUMET (*à part*)

Avec son cher Cousin, depuis plus d'un quart d'heure,
Mon épouse chuchote, ici, dans ma demeure.
Que peuvent-ils se dire avec leur air sournois?
Si c'était seulement pour la première fois!
Toujours quand nous sortons le Cousin nous rencontre,
Et chaque jour chez moi sa figure se montre.

Quand ma femme se trouve avec son favori,

Elle ne pense plus à son pauvre Mari.

Ah ! je voudrais trouver un moyen praticable

Pour me débarrasser de cet être exécrable.

J'irais sans hésiter jusqu'au fond de l'enfer

Pour me faire opérer de cet affreux cancer.

Oh ! si je me trouvais au milieu des Sauvages,

Des féroces tribus et des anthropophages,

Le sort de ce Cousin serait tout assuré,

Il n'irait pas longtemps sans être dévoré !

J'attacherais cet homme à l'arbre le plus proche ;

Dans son corps lentement j'enfoncerais la broche.

Je le ferais rôtir tout vif, à petit feu,

Tout en le retirant de temps en temps un peu,

Afin de prolonger sa hideuse existence

Et de mieux savourer le miel de ma vengeance.

Je voudrais de ma main tourner avec lenteur

La gigantesque broche, instrument de douleur.

Je verserais son jus sur ses lèvres impures

En bénissant le ciel de toutes ses tortures.

Ma volupté serait d'augmenter son tourment
Et d'épuiser ma rage à son dernier moment.
Chaque cri de douleur serait pour mon oreille
Harmonieux concert, musique sans pareille.
Dans toutes les tribus j'enverrais des courriers
Convier au festin l'élite des guerriers.
Quand je verrais sa chair assez cuite, assez tendre,
Je crois qu'il me serait impossible d'attendre ;
Je le dévorerais aussitôt tout brûlant,
Sa cervelle serait un morceau succulent.
La moelle de ses os ferait de la pommade
Servant de graisse d'ours à toute la peuplade.
Je ne peux même pas, dans ma position,
Obtenir ce moment de satisfaction.
Je suis, devant ma femme, obligé de me taire
Et de garder pour moi ce qui peut me déplaire.
Je dois sans murmurer accepter mon malheur,
Paraître satisfait quand j'ai la mort au cœur,
Parce qu'au lieu de naître au milieu des sauvages
Et de pouvoir tirer vengeance des outrages,

5.

Je fus à ma naissance assez mal avisé

Pour venir chez un peuple un peu civilisé.

Ne pouvant supporter une telle souffrance,

Je voudrais voir la fin de ma triste existence.

   (S'adressant à Mme Plumet d'une voix douce.)

Mon bel ange, mon chou, ton cousin veut partir;

D'ailleurs notre dîner commence à refroidir.

MADAME PLUMET (*d'un ton sec*).

Je crois que vos raisons ne sont pas des meilleures,

Car chaque jour ici nous dînons à sept heures

Et je vois que ma montre en marque à peine trois.

Pour insister encor vous êtes trop courtois.

MONSIEUR PLUMET (*à part*).

Allons, je viens d'avoir une fameuse idée,

A me faire mourir ma femme est décidée.

Que peuvent-ils se dire? Approchons-nous un peu;

Surtout prenons bien soin de cacher notre jeu.

Si ma femme savait que son mari s'approche,
Elle en profiterait pour me faire un reproche.

*(Il s'approche en se promenant, les mains
derrière le dos.)*

Enfin, Dieu soit loué ! j'ai pu saisir un mot
Qui pourra m'indiquer le but de leur complot ;
C'est le mot *chocolat ;* je crois qu'un mot semblable
Me cache un autre sens, peut être un sens coupable.

(S'adressant à sa femme.)

Mon ange, mon amour, tu vas te refroidir,
Car la fraîcheur commence à se faire sentir.

MADAME PLUMET

Vraiment, mon cher ami, la remarque est plaisante ;
Il fait une chaleur toujours plus accablante.

MONSIEUR PLUMET *(un peu embarrassé).*

C'est vrai, mon petit Ange, il fait une chaleur,
Dont le brûlant soleil vient augmenter l'ardeur.

Tu ne peux pas rester, sans devenir bronzée,
Aux rayons du soleil plus longtemps exposée.
Chère Adèle, crois-moi, rentrons à la maison.

MADAME PLUMET

C'est vrai, je m'aperçois que vous avez raison.
Partons donc, mon cousin, car la chaleur m'accable ;
En m'offrant votre bras vous serez très-aimable.

MONSIEUR PLUMET (*à part*)

Je crois qu'elle l'emmène. Ah ! certes, c'est trop fort.
J'éprouve le désir de leur donner la mort.
On nous dit bien qu'il faut supporter les injures,
Recevoir les affronts sans plaintes ni murmures.
Mais il vient un moment où l'homme le plus doux
Ne peut pas plus longtemps contenir son courroux.
Pourtant ai-je le droit de tuer mon semblable ?
Devant un Tribunal on n'est jamais coupable

Quand on donne la mort pour venger son honneur :

On peut traiter l'amant comme on traite un voleur.

Mais pour un honnête homme il est un autre juge

Que l'on ne peut tromper par aucun subterfuge ;

Ce juge intérieur prescrit à l'offensé

Le pardon de l'injure et l'oubli du passé ,

Au lieu de profiter, pour tirer sa vengeance ,

De ce qu'un Tribunal montre de l'indulgence.

Comment ! mon cœur me dit de ne rien négliger

Pour sauver mon prochain s'il se trouve en danger,

Et j'irais de moi-même attenter à sa vie

Pour le plaisir de voir ma vengeance assouvie ?

D'ailleurs, suis-je bien sûr de ne pas me tromper,

Et s'ils sont innocents, pourquoi donc les frapper ?

En amour, ce n'est pas une maxime neuve,

Le flagrant délit seul est une bonne preuve ;

Car parfois un écrit peut induire en erreur,

Montrant l'intimité sous un aspect trompeur.

Même s'ils ont failli, même s'ils sont coupables,

Ils sont en ce moment peut être moins blâmables.

Ils regrettent peut être une légèreté.

Je veux leur enseigner l'oubli, la charité.

Mais au lieu de rester si simple et si facile,

Et de me présenter sous l'aspect d'un reptile,

Je veux dans mon ménage avoir de l'action

Et me charger enfin de sa direction.

Au lieu d'être pour tous un mari ridicule

Dans les veines duquel aucun sang ne circule,

Je veux à l'avenir garder ma dignité,

Etre toujours le maître et toujours respecté.

XXV

LE PETIT SAVOYARD

—

> La marmotte a mal au pied,
> Faut lui mettre un emplâtre.

Regardez un instant ce petit Savoyard,
Son costume rustique indique un montagnard.
Au service d'un Maître il sait se rendre utile
Exerçant en hiver quelque métier fàcile :
Quand il est tout petit, celui de ramoneur,
Et lorsqu'il est plus grand, celui de décrotteur.
Se croyant obligé de noircir sa figure
Et de ne pas peigner sa jeune chevelure,

Il se gratte la tête et prend pour un crétin
Celui qui, par hasard, se lave le matin.
Sa marmotte est tenue au bout d'une ficelle ;
Ils mangent tous les deux à la même gamelle.
De la bête engourdie, à l'époque des froids,
Il se fait un manchon pour réchauffer ses doigts.
Tantôt dans un café, tantôt sur une place,
Il se met à sauter, à faire la grimace ;
Il tire sa marmotte et l'excite à danser,
Lui donne ce qu'il peut pour la récompenser.
Puis l'enfant, reprenant son éternel refrain,
Demande un petit sou pour acheter du pain.
Toujours le Savoyard est content de son lucre.
Si quelqu'un par hasard lui donne un peu de sucre,
Avec notre marmotte il partage en ami,
Réveillant l'animal aux trois quarts endormi.
Chacun d'eux a sa part de tout ce que l'on donne,
Trouvant son intérêt quand la recette est bonne.
La rongeuse marmotte aime assez les douceurs
Et sait apprécier ces petites faveurs.

Elle prend doucement le morceau délectable,

Se procure en suçant la saveur agréable.

Pour sucer un morceau gros comme un petit pois,

Elle met un quart d'heure et le lâche dix fois.

Le petit Savoyard chaque fois le ramasse

Et de le ramasser jamais il ne se lasse.

L'Enfant de la Savoie est plus intéressant

Quand, n'étant pas trop noir, il n'est pas repoussant,

Lorsqu'il prend le parti de gagner un salaire

En cherchant le travail au lieu de s'y soustraire.

XXVI

LE SOMMEIL DES DEUX SŒURS

—

Sur leur lit virginal reposent les deux sœurs,
    Belles et gracieuses ;
Elles ont rapproché leurs bouches et leurs cœurs
    En s'endormant heureuses.
Leurs bras sont enlacés ; les faisceaux ondoyants
    D'épaisses chevelures
Encadrent de leurs plis soyeux, luxuriants,
    Leurs mignonnes figures.
Dans le calme sommeil, à chaque mouvement
    De leurs seins de sirène,

Leurs lèvres de vermeil confondent un moment
   Leur pure et douce haleine.
Leurs épaules d'albâtre attirent le regard
    Sur leur peau blanche et fine ;
La chemisette cache et dessine avec art
    La forme féminine.
Leurs corps voluptueux répandent à l'entour
    Ce parfum de jeunesse
Qui réveille les sens et fait naître l'amour,
    Puis amène l'ivresse.

XXVII

LA FÊTE DE NOËL

CHEZ UNE PAUVRE VEUVE

—

Dis-moi, bonne maman, pourquoi, dans ces grands froids
Tu ne veux pas brûler quelques morceaux de bois ?
J'ai pourtant vu ce soir l'enfant de la voisine
Mettre une grosse bûche au feu de la cuisine.

Ce soir il entendra la messe de minuit,
Puis il retrouvera son bon feu qui reluit ;
Il sort enveloppé dans de bonnes fourrures
Et trouve pour la nuit de chaudes couvertures.

Pendant que les voisins, assis auprès du feu
En attendant minuit, préparent quelque jeu,
Je suis toujours transi, de lumière on me prive,
Et l'on me fait coucher dès que la nuit arrive.

Dans mon lit dur et froid, toujours à grelotter,
Pendant toute la nuit j'ai peine à résister.
Si malgré la froidure un moment je sommeille
Après un court instant le frisson me réveille.

Pourquoi nous donnes-tu de ce pain dur et noir ?
C'est du pain frais et blanc que je voudrais avoir,
Puisque le boulanger en fait pour tout le monde.
Peut-être il t'en refuse ? Il faut que je le gronde.

Nos voisins mangeront la dinde de Noël :
Est-il vrai que pour eux elle descend du ciel ?
Que doit faire un enfant pour que la Providence
Daigne lui témoigner pareille bienveillance ?

Le petit Augustin m'a dit que tous les ans,
S'il est gentil et sage, il reçoit des présents ;
Le bon Enfant Jésus vient dans la matinée
Les mettre sous la table ou dans la cheminée.

Je fais ce que je peux, je suis sage et soumis,
Mais le Petit Jésus ne m'en a jamais mis.
Dis-moi, bonne maman, dis-moi ce qu'il faut faire
Pour te faire plaisir et pour le satisfaire ?

Tu travailles toujours et sans te reposer,
Et tu ne prends jamais le temps de t'amuser.
Pourquoi donc travailler et prendre tant de peine
Pendant que le voisin s'amuse et se promène ?

XXVIII

LA MORT DE NINI

—

Ceux qui lisent mes vers ont pu voir une pièce
Faite pour une chatte unique dans l'espèce:
Nini vient de mourir, malgré tous les secours,
Après avoir souffert pendant près de trois jours.
Nous ne la verrons plus, debout sur son derrière,
Attirer les regards, charmer à sa manière.
Nous n'admirerons plus cette pauvre Nini,
Maintenant qu'elle est morte et que tout est fini !
Elle nous étonnait pendant sa maladie;
Au milieu des douleurs, déjà toute engourdie,
Ne voulant pas salir le lit ni l'édredon
Desquels pour son usage on faisait l'abandon,

Elle allait se traînant jusque dans la cuisine
Cacher l'effet produit par chaque médecine.
Vers le soir, près de nous, la chatte a trépassé.
Quand on a présenté son cadavre glacé
A Mouton, son ami, dont on a souvenance,
Le chien, qui s'étonnait déjà de son absence,
A flairé le cadavre, a compris son malheur,
Mais aussitôt après, surmontant sa douleur,
Il est allé lécher les deux mains de son Maître,
Voulant le consoler et lui faire connaître
Qu'ayant perdu sa chatte il conservait son chien,
Son ami dévoué, son fidèle gardien.
Le Maître a ramené le chien vers son amie,
Lui disant : « Vois, Mouton, Nini n'est qu'endormie. »
Après avoir flairé très-attentivement,
Le caniche a prouvé par un gémissement
Qu'il ne se trompait pas, qu'il comprenait sa perte ;
Puis il s'est étendu près de ce corps inerte,
Comme s'il désirait un peu se recueillir
Et penser à Nini qui venait de mourir.

XXIX

L'HYMEN DES FLEURS

—

Tout respire l'amour, il est dans la nature,
C'est le but qu'elle impose à toute créature.
Regardez le lis blanc, cette superbe fleur,
Si douce de parfum, si pure de couleur ;
La forme et la grandeur d'un gracieux calice
En font, pour observer, la fleur la plus propice.
Dans cet intérieur coquet, luxurieux,
Cherchons à découvrir l'acte mystérieux.
Au moment solennel, voyez chaque étamine ;
Son filet délicat se rapproche et s'incline,
Afin de présenter son anthère au pistil ;
Versant sur le stigmate un pollen très-subtil,

6

L'étamine consomme un charmant hyménée
Avec le doux pistil pour lequel elle est née.
La fleur bientôt après commence à se faner,
Car son rôle est rempli, son heure va sonner.
Il est parmi les fleurs un grand nombre d'espèces
Où l'on ne peut saisir d'aussi tendres caresses.
On voit certaines fleurs supporter le pistil,
Et d'autres retenir l'étamine en exil.
Alors la Providence, à travers l'atmosphère,
Dirige vers son but le pollen de l'anthère.
Elle a divers moyens ; pourtant, le plus souvent,
Le pollen est porté sur les ailes du vent.
Il est même parfois encor plus difficile
De surprendre l'amour dans son charmant asile ;
Il existe toujours, mais il est plus discret,
Et l'hymen s'accomplit dans le plus grand secret.

XXX

UNE ASCENSION AU MONT RIPIPIPI

OU LE GROGNON ([1]) MYSTIFIÉ

———

Deux voyageurs gravissent la montagne ; ils ont de grands chapeaux et des bâtons ferrés ; un domestique les suit en portant un grand panier vide.

1er VOYAGEUR (*s'essuyant la figure avec son mouchoir*)

Pour une excursion si longue et si pénible,
Avoir un plus beau temps serait chose impossible.

([1]) L'auteur aurait voulu se servir d'une expression qui n'est pas française, mais qui rendrait bien mieux sa pensée que le mot *grognon,* c'est le mot *plaignard.*

2ᵉ VOYAGEUR

Le ciel est assez pur, je dois en convenir,
Mais à peine en montant puis-je me soutenir,
Tellement il fait chaud pour gravir la montagne.
A quand le déjeuner ? car vraiment on le gagne :
Ma bouche est un vrai four dans ces conditions.

1ᵉʳ VOYAGEUR

Est-ce pour la chaleur ou les dimensions ?

2ᵉ VOYAGEUR

Si j'y mettais des œufs, du beurre et de l'herbette,
Je pourrais en tirer de suite une omelette.

1ᵉʳ VOYAGEUR

Avec votre appétit il m'est bien démontré
Que vous voudriez garder ce qui serait entré.
J'ai remarqué souvent que c'est une chimère
De chercher à remplir votre effrayant cratère.

2e VOYAGEUR

J'aurais un grand besoin de me désaltérer ;
Je souffre de la soif, j'ai peine à respirer.
Avez-vous quelque chose au fond de votre gourde ?
Je n'ai pas pris la mienne , elle était un peu lourde ;
D'ailleurs cet ustensile est si disgracieux,
Que de l'avoir sur moi j'étais peu soucieux.

1er VOYAGEUR

Je ne peux rien pour vous, voyez, ma gourde est vide
Et son intérieur n'est même plus humide.
Prenez-la tout de même, elle vous distraira,
Trompera votre soif et vous amusera.
Il faut s'en contenter et prendre patience ;
On ne peut pas toujours être dans l'abondance.

2e VOYAGEUR

C'est là le résultat de vos réflexions ?
Je dois me contenter de ces illusions.

Quelle est, dans le lointain, cette grande surface
Où l'on voit de la neige et même de la glace?

1er VOYAGEUR

De la glace en été nous indique un glacier;
On peut le deviner sant paraître sorcier.

2e VOYAGEUR

Si du moins un sorcier, ou même une sorcière,
Voulait changer pour nous ce glacier en glacière!

1er VOYAGEUR

Vous jouez sur les mots avec certain talent;
L'excès de la chaleur vous rend même galant.
Cette galanterie est vraiment tropicale
Et vous vous enivrez du parfum qu'elle exhale.

2e VOYAGEUR

La glace à la vanille ou bien au chocolat,
Dans les grandes chaleurs, c'est assez délicat.

1er VOYAGEUR

A quelques pas d'ici je crois voir une source ;
Il faut nous reposer de notre longue course.
Vers cet endroit propice on peut s'acheminer,
A l'ombre du rocher nous pourrons déjeuner.
Quel plaisir ! le grand air, une belle nature,
De l'eau fraîche, de l'ombre, un coussin de verdure.

2e VOYAGEUR

Approchez, maître Jean ; donnez-moi le panier.

JEAN (*donnant le panier*)

Je crois que j'étais né pour être cantinier.

2e VOYAGEUR (*ouvrant le panier*)

Voici bien le panier, mais où donc sont les vivres,
Le poulet, le jambon, le pain de quatre livres?

JEAN

En voyant ces chemins escarpés, malaisés,
Pour moins me fatiguer, je les ai déposés.
Ils sont très-bien cachés sur le bord de la route ;
Je les retrouverai, n'en ayez aucun doute.
Pour moi, le panier vide est moins embarrassant,
Et nous pourrons ce soir tout reprendre en passant.

2ᵉ VOYAGEUR

Peut-il donc exister un être assez stupide
Pour gravir la montagne avec un panier vide !
Mais comment pourrons-nous apaiser notre faim ?

JEAN

En partant j'avais pris un gros morceau de pain ;
Je n'ai pas tout mangé, je vous offre le reste.
Je croyais bien agir, Monsieur, je vous l'atteste.

1er VOYAGEUR

C'est encor bien heureux ; donnez-nous ce morceau,
Nous pourrons déjeuner avec le pain et l'eau.

JEAN (*présentant un tout petit morceau de pain
mordu à deux endroits*)

Voici le pain, Monsieur, pour prendre patience.

2e VOYAGEUR

C'est un fameux morceau pour notre subsistance ;
Douze grammes de pain pour déjeuner à trois !
De plus, il a planté ses dents à deux endroits,
Mordant à pleine bouche et laissant de sa bave.
Ce pain doit même avoir une saveur suave,
Car je vois que les trous sont remplis de tabac.
Cet aliment n'est bon que pour son estomac.

(*d'un air piteux.*)

Obligé d'achever cette longue tournée
Sans manger un morceau de toute la journée !

6.

On appelle cela : voyage de plaisir,

Poursuivre un déjeuner que l'on ne peut saisir.

> *(Les voyageurs arrivent à l'endroit désigné*
> *comme ayant une source.)*

JEAN

Ce que vous avez vu n'est pas une fontaine.

1er VOYAGEUR

Il existe de l'eau, mais elle est souterraine ;

Elle fait prospérer la végétation

Qui nous a procuré cette déception.

Il faut bien avouer que tout nous est contraire.

Puisqu'il en est ainsi, le mieux qu'on puisse faire

Est de laisser passer le fort de la chaleur :

De la soif le sommeil fait oublier l'ardeur.

«Qui dort dîne !» On peut bien appliquer ce proverbe.

2e VOYAGEUR

Pour apaiser ma faim, je mangerais de l'herbe.

Si vous aviez aussi, pour nous désaltérer
Un tout petit proverbe à nous administrer.

JEAN

Ah ! j'y pense, Monsieur, si j'ai bonne mémoire,
Je dois avoir encor dans ma poche une poire.
(*Il présente une vieille poire toute sale.*)

2e VOYAGEUR (*faisant une grimace et reculant*)

Poire que pour la soif il faut toujours garder.
Je n'en veux déjà plus, rien qu'à la regarder.

1er VOYAGEUR

Faisons pour cette fois un effort héroïque ;
Laissons les préjugés dans ce moment critique.
(*Il partage le pain et la poire, puis en offre au
2e voyageur.*)

2e VOYAGEUR (*faisant un geste de refus*)

Quant à moi, je résiste à la tentation.

1ᵉʳ VOYAGEUR (*en riant*)

Allons nous reposer pour la digestion.

2ᵉ VOYAGEUR

Un autre me dirait de prendre patience,
Ferait ce qu'il pourrait pour calmer ma souffrance.
Vraiment, mon cher ami, vous n'avez pas de cœur
Pour plaisanter et rire en voyant mon malheur.
Si vous aviez veillé sur votre domestique,
Si vous étiez un maître un peu plus énergique,
Je n'aurais jamais eu pareil désagrément
Et je n'aurais ni faim ni soif en ce moment.

1ᵉʳ VOYAGEUR

Je dois, sans plus tarder, répondre avec franchise.
Ce qu'a pu faire Jean n'est pas une sottise.
C'est moi qui suis l'auteur de ce petit complot
Avec le faible espoir de corriger un sot.

Pour vous, mon cher ami, l'épreuve est un peu rude ;
Mais quittez donc enfin la mauvaise habitude
De vous plaindre de tout, partout, à tout instant ;
Personne ne dira vous avoir vu content.
Vous vous plaignez surtout quand vous êtes à table ;
Pour vous, pas un seul plat qui ne soit détestable.
Les soins qu'on a pour vous ne font que vous aigrir ;
Il n'est pas un valet qui veuille vous servir.
Après quinze degrés, la chaleur vous tourmente ,
A quatorze degrés, le froid vous épouvante ;
Votre lit est trop proche ou bien trop loin du mur;
Tantôt il est trop mou, tantôt il est trop dur.
Le café qu'on vous sert est à la chicorée ,
Votre chaussure même est toujours mal cirée.
Celui qui vous salue est pour vous ennuyeux,
Et s'il ne le fait pas, vous êtes furieux.
Si vous gagnez au jeu, la chance est insipide,
Mais lorsque vous perdez, tout le monde est stupide.
Tout ce qu'on peut vous vendre est mauvais ou trop cher ;
Pour vous, le sel est fade et le sucre est amer.

Quand on vous aperçoit, on fuit, on vous évite
Comme Satan se sauve en voyant l'eau bénite.
Depuis longtemps déjà je voulais, sans façon,
Vous donner entre nous une bonne leçon.
J'ai pu réaliser, dans ce petit voyage,
Ce que je désirais, loin de tout entourage.
Les vivres oubliés, cette source sans eau,
Tout était arrangé pour orner le tableau.
Nous n'en parlerons pas, vous n'avez rien à craindre ;
Mais vous renoncerez désormais à vous plaindre.
Il faut apprécier dans la prospérité
Et prendre son parti pendant l'adversité.

XXXI

LA PIERRE TUMULAIRE

—

Quand vous pénétrerez dans la funèbre enceinte
Où les restes mortels gisent en terre sainte,
Arrêtez-vous un peu devant quelques tombeaux
Où tous les sentiments les plus purs, les plus beaux,
Se trouvent exprimés dans certaines formules
Pour éblouir les yeux de visiteurs crédules.
Les parents, écrasés par le poids du malheur,
Prodiguent aux passants leurs marques de douleur.
Peut-être comptent-ils sur leur grande obligeance
Pour transmettre au défunt l'écho de leur souffrance,
Ou lui faire accepter leur désespoir d'emprunt.
Passant, qui que tu sois, fais connaître au Défunt

Combien je le regrette et combien je le pleure
Depuis qu'il a gagné sa dernière demeure.
On voit prostituer le plus beau sentiment
Et parfois simuler l'amour, l'attachement ;
Car, au fond de son cœur, il faut le reconnaître,
L'homme n'est pas toujours ce qu'il voudrait paraître ;
Et souvent l'on attend l'absence ou le trépas
Pour témoigner l'amour que l'on n'éprouve pas.
Je ne veux pas citer des cas où la Justice
A dû punir le crime et démasquer le vice,
Où l'être que l'on pleure est mort empoisonné
Par celui que sa perte a le plus chagriné ;
Je donne seulement des exemples grotesques,
Des marques de douleur plaisantes et burlesques :
A l'Oncle regretté, l'infortuné Neveu !
Une telle épitaphe est un naïf aveu.
Au meilleur des époux, sa veuve désolée !
Au bout de quatre jours, la veuve est consolée ;
Au bout de douze mois, le mari trépassé
Par un autre mari se trouve remplacé.

A son frère chéri, la sœur inconsolable!
Afin de dissiper le chagrin qui l'accable,
Après l'enterrement, par un suprême effort,
Elle assiste au repas pour honorer le mort.
En se mettant à table, elle pleure et soupire ;
Quand on est au dessert, elle commence à rire ;
Au café, les parents commencent à chanter ;
On presse un peu la sœur, elle veut résister ;
Mais au bout d'un instant, cédant à l'influence,
Elle se laisse aller au vœu de l'assistance.
C'est surtout à Paris que l'on peut remarquer
Les brusques changements que je viens d'indiquer.
Pour humecter la bouche et sécher les paupières,
Il existe, tout près des divers cimetières,
Quantités de traiteurs et de marchands de vin
Chez qui les affligés vont noyer leur chagrin.
Après avoir conduit le mort jusqu'à sa tombe,
Ils regagnent la porte et vont, comme une trombe,
S'abattre sur celui des établissements
Qui paraît plus propice à leurs épanchements.

Ils restent jusqu'au soir pour chasser la tristesse,

Qui bientôt se dissipe et fait place à l'ivresse.

Quand la nuit les disperse, ils vont à leur maison,

Au milieu des hoquets rechercher leur raison.

Pendant qu'un flux de sang dans leur tête bourdonne,

Des pavots de Bacchus la pesante couronne

Les plonge promptement dans un profond sommeil

Et jusque vers midi retarde leur réveil.

Le souvenir du mort rapidement s'efface

Et bientôt la douleur ne laisse plus de trace

Que sur le bloc de pierre où le ciseau d'acier,

Moyennant quelques sous, la grave par métier,

En attribuant au mort la plus belle existence,

Qualités et vertus, le tout en abondance.

Pour mieux montrer l'abus, ma plume l'a grossi ;

Je ne veux pas prétendre, en censurant ainsi,

Qu'un regret proclamé n'est jamais véritable,

Ou qu'on ne peut trouver un sentiment durable ;

Mais je suis indigné quand je vois afficher

Le chagrin, la douleur que l'on devrait cacher,

Faire de certains morts pompeux panégyrique,
Vanter leurs qualités, leur caractère antique,
Imposer leur éloge à tous les étrangers,
Donner pour éternels des regrets passagers,
Surtout lorsque je peux saisir la différence,
Faire la part du vrai, celle de l'apparence.
On ne devrait trouver sur tous les monuments,
Pour toute inscription que des renseignements,
Afin que les amis passant devant la pierre
S'arrêtent un instant pour faire une prière.
Inscrivons simplement les noms, l'état du mort,
La date du décès, l'âge auquel il s'endort.

XXXII

LA MORT DE BAYARD

—

Illustre Chevalier d'héroïque mémoire,
Tes exploits sont inscrits aux fastes de la gloire ;
Parmi nous brillera toujours ton souvenir,
Jamais le sombre oubli ne pourra le bannir.
Les fils du Dauphiné, dès leur plus tendre enfance,
Entendent le récit de ta noble existence ;
Et plus tard à leur tour ils forment un chaînon
Pour transmettre à leurs fils la gloire de ton nom.
Tu fus toujours l'honneur de la chevalerie,
Vivant dans les combats, mourant pour ta patrie.
Quand l'implacable mort eut décoché son trait,
Elle dut s'effrayer du mal qu'elle avait fait.

Bayard, le Chevalier sans peur et sans reproche,
Arrête les efforts d'un ennemi trop proche ;
Pour couvrir la retraite, il reste le dernier,
Constamment à cheval sur son ardent coursier,
Et déployant sans cesse un courage héroïque,
Sa présence partout cause un effet magique.
Des Français abattus il relève l'ardeur
Et chez les Espagnols il sème la terreur.
Il a pour mission de sauver notre Armée
Qui trouverait bientôt sa retraite fermée.
Ses efforts sont déjà couronnés de succès,
Il voit des Ennemis s'arrêter les progrès.
Tout à coup le héros que vénère ma Muse
Reçoit le trait fatal venant d'une arquebuse.
Sur le point de mourir, le Chevalier fait choix
De son glaive croisé pour lui servir de croix,
Le saisit par la lame et baise la croisière,
Terminant en Chrétien sa brillante carrière.
Ses braves compagnons, le voyant s'incliner,
A l'abri du danger cherchent à l'entraîner.

Le Chevalier résiste et comme un bloc de marbre
Il se fait adosser contre le tronc d'un arbre ;
Tourné vers l'Ennemi qu'il fait encor charger ,
Il veut jusqu'à la mort affronter le danger.
Il veut que l'on s'éloigne et chacun se retire,
Déplorant le trépas du héros qu'il admire.
Quelques instants après, aux pleurs de ses amis,
Se joignent les regrets de tous ses Ennemis.
Antoine de Bourbon, le marquis de Pescaire,
Accourent rendre hommage à leur grand Adversaire,
Tous les Chefs espagnols et même les Soldats
Admirent ce Bayard si terrible aux combats ;
Tous ont apprécié ses vertus, son courage,
Sa générosité, son horreur du pillage.
Il désire être seul pour mieux se recueillir,
On le laisse en repos jusqu'au dernier soupir.
Les vœux de tout le monde accompagnent son âme
Que supporte un rayon de la divine flamme ;
Elle prend son essor et monte vers le ciel
Pour occuper sa place auprès de l'Eternel.

XXXIII

LE GATEAU DES ROIS

INTÉRIEUR DE FAMILLE

—

Monsieur Prudhomme ;
Madame Héléna Prudhomme, son épouse ;
Mademoiselle Marguerite, leur fille ;
Monsieur Bernard, neveu de M. Prudhomme ;
Monsieur Chauvinet, ancien militaire, cousin de Madame
    Prudhomme ;
Monsieur Jules, fiancé de Mademoiselle Marguerite ;
Un Chien ;
Un Chat.

M. PRUDHOMME

En souvenir des Rois qui du fond de la Chine
Pour adorer Jésus vinrent en Palestine,

Nous avons conservé l'usage solennel
De fêter tous les ans les hôtes d'Israël.
Le jour est arrivé de célébrer leur fête ;
Livrons-nous au plaisir, que rien ne nous arrête.
Mes mains ont partagé ce succulent gâteau
Pour que chacun de nous puisse en prendre un morceau.
Le sort fera connaître, en lui glissant la fève,
Celui que, pour un soir, sur le trône il élève.
La petite corbeille est l'urne du Destin ;
Un morceau de gâteau sera son bulletin.

(S'adressant à Marguerite)

Choisissez au hasard, gentille Marguerite.
Le sort ne peut trahir une main si petite.

MARGUERITE *(ouvrant son morceau)*

Ah ! mon Dieu, j'ai la fève ! On n'a pas mélangé ;
Je m'aperçois aussi qu'on a mal partagé,
Car j'ai pris un morceau plus gros que tous les vôtres.

M. CHAUVINET

Je le croirais vraiment plus petit que les nôtres.

D'ailleurs, il est trop tard, nous devons respecter
L'arrêt que le Destin pour vous vient de dicter.

M. PRUDHOMME

Vive Sa Majesté la Reine Marguerite !
A boire à sa santé le Destin nous invite.

M. JULES

Salut à notre Reine, admirons sa beauté,
Respectons son pouvoir, buvons à sa santé.

Mme PRUDHOMME

Ma fille est au pouvoir, je serai Reine-Mère
Autant que durera son pouvoir éphémère.

M. PRUDHOMME

Quand ma chère Héléna me dit en rougissant
Que son état d'épouse était intéressant,
J'espérais que le Ciel, propice à ma famille,
Me donnerait un fils et non pas une fille.

La pauvre Marguerite en naissant me trompa ;
Ce léger déplaisir bientôt se dissipa.
Je suis en ce moment trop fier d'être son père ,
Pour avoir le désir de lui donner un frère.

M. CHAUVINET

Il faudrait à présent que Votre Majesté
Fît le choix d'un époux dans la société.

MARGUERITE

Je choisis le plus jeune à qui je suis promise ;
Avec son cœur, je sens que mon cœur sympathise.

Mme PRUDHOMME

La Reine , en ce moment , peut nous faire savoir
Quel degré de l'amour elle éprouve ce soir.

MARGUERITE

Comment voulez-vous donc, maman, que je l'indique ?
Vous le savez très-bien , Jules m'est sympathique.

Mᵐᵉ PRUDHOMME

L'aimez-vous tant soit peu, beaucoup ou pas du tout ?

M. JULES (*à Marguerite*)

Oh ! restez au milieu , n'allez pas jusqu'au bout.

M. CHAUVINET

Calmez-vous, belle Reine , et soyez moins timide ;
De connaître son sort le Roi se montre avide.

MARGUERITE

Je ne sais que répondre et pourtant je ressens
Quelque chose en mon cœur qui trouble un peu mes sens,
Et j'éprouve un plaisir que je ne peux décrire
Lorsque dans mon regard ses yeux cherchent à lire.

M. CHAUVINET

Précisez encor mieux votre degré d'amour ;
Un sentiment si tendre augmente chaque jour.

Il faut le définir : je le trouve un peu vague
Pour le pauvre futur dont vous portez la bague.
Au temps où nous vivons, l'on peut sans aucun mal
Appliquer en amour le nombre décimal.
Cet excellent système est partout en usage,
Il est, pour s'expliquer, d'un immense avantage.
Nous devons arriver, pour suivre le progrès,
A l'employer pour tout avec un grand succès.
Donnez au sentiment la forme arithmétique,
Une précision toute mathématique.
Avant de nous répondre et pour mieux préciser,
Il faut, gentille Reine, un instant supposer
Que l'amour le plus grand que l'on puisse comprendre,
L'amour le plus parfait, le plus vif, le plus tendre,
Nous soit représenté par certaine longueur,
Un mètre, par exemple, au plus fort de l'ardeur.
Le mètre tout entier vous l'éprouvez peut-être?

M. PRUDHOMME

En prenant un époux, l'on ne prend pas un *mètre*.

MARGUERITE

Vous ne pouvez penser que mon affection
Puisse arriver de suite à la perfection.
Je crois en éprouver cinquante centimètres,
Plus une fraction de quelques millimètres.

M. PRUDHOMME

C'est énorme et je crois que beaucoup de maris
Se trouvent très-heureux sans être autant chéris.

M. CHAUVINET *(à M. Jules)*

Sire, Sa Majesté la Reine Marguerite
Déclare que pour vous son petit cœur palpite.
Elle a même annoncé, nous en sommes témoins,
Qu'elle croit éprouver un demi-mètre au moins
D'un certain sentiment qui, pendant la jeunesse,
Produit, suivant le cas, la joie ou la tristesse,
D'un sentiment bien doux qu'on appelle l'amour.
En outre, le niveau s'élève chaque jour.

M. JULES

Je m'en contenterai si j'ai le doux présage
D'en obtenir un mètre après le mariage.

M. PRUDHOMME

La Reine doit encor s'occuper d'autres choix,
Donner les noms de ceux qu'elle nomme aux emplois.

MARGUERITE

Chauvinet, vous serez le chef de la milice
Et grand exécuteur, au gré de mon caprice.
Vous, Bernard, vous serez notre illustre orateur;
Je veux trouver en vous l'agréable conteur.
Vous devriez établir ma généalogie
Avec un grand respect pour la chronologie,
Prouver que je descends du paladin Rolland,
Ou, ce qui vaudra mieux, d'Alexandre le Grand.

M. BERNARD

Je pourrai vous fournir des titres authentiques
Ecrits sur papyrus aux temps les plus antiques,
Des titres plus récents écrits sur parchemin
Où les savants pourront se bourrer de latin.

*(Marguerite donne des morceaux de gâteau
au chien et au chat)*

M. PRUDHOMME

La Reine se décide à faire des largesses,
Au lieu de se borner à de simples promesses.

(Le chien aboie)

M. JULES

Tom n'est pas raisonnable, il demande toujours;
Maître Bernard devrait lui faire un long discours.

(Le chien aboie plus fort)

M. BERNARD

Je crois même, morbleu! qu'il nous cherche querelle :
A l'œuvre, Chauvinet, car Tom est un rebelle.

M. CHAUVINET

Etouffons la révolte en employant le chat,
Il aura du gâteau s'il remplit son mandat.
            (Le chat miaule pour demander du gâteau)

MARGUERITE

Le chat demande aussi ; pourtant une ordonnance
Interdit à la Cour pareille inconvenance.
Je n'y pourrai tenir s'il faut faire cadeau
A tous les indiscrets d'un morceau de gâteau.

M. BERNARD

Cette indiscrétion n'est pas chose nouvelle,
On la voit pratiquer sur une grande échelle.

M. CHAUVINET

Il faut déraciner ces monstrueux abus ;
De principes fâcheux vos sujets sont imbus.
Afin d'apprendre à vivre à ce chien malhonnête,
Nous devons commencer par lui couper la tête.

MARGUERITE

Ce système est trop dur, quelques concessions
Pourront facilement calmer les passions.
Un morceau de gâteau n'a pas grande importance
Et nous pourrons compter sur la reconnaissance.

M. CHAUVINET

Oui , tant que vous pourrez présenter du gâteau,
Chacun voudra paraître aussi doux qu'un agneau ;
Mais quand vous n'aurez plus une petite tranche
A leur distribuer de votre main si blanche,
Votre système alors deviendra dangereux,
Il faudra recourir aux moyens rigoureux.

7.

M. BERNARD.

Il faut abandonner ces deux partis extrêmes,
Et prendre un moyen terme entre les deux systèmes.
Pour que chacun se taise, il faut le museler :
Dans pareille occurrence on ne peut reculer.

M. PRUDHOMME

On peut museler Tom sans être très-habile,
Mais museler le chat n'est pas chose facile.

M. BERNARD

On a pu parvenir à museler Samson
Et même à rendre Hercule un excellent garçon.
Il suffira pour vous qu'une douce influence
Puisse vous assurer de leur obéissance.
Le moyen que voici ne vous expose en rien :
La chatte pour le chat, la chienne pour le chien.
Le sexe le plus faible est fort de sa faiblesse ;
C'est lui que vous devez soumettre avec adresse.
Après l'avoir soumis, il faut le dominer ;
Alors vous n'aurez plus de peine à gouverner.

Vous serez toujours forts quand vous saurez lui plaire
Et votre Royauté deviendra populaire.
La chienne veut un os, la chatte un peu de mou ;
Pour la femme il faudrait les mines du Pérou,
Des châles cachemire et des robes de moire ;
Mais si vous possédez la grandeur et la gloire,
C'est un puissant attrait qui peut la contenter ;
Alors son grand plaisir est de vous exalter.

MARGUERITE

Notre grand orateur s'en acquitte à merveille ;
On n'entendit jamais éloquence pareille.
De suivre son système il faut nous empresser.
Je dois aussi songer à le récompenser.
D'un ordre que je crée il sera le grand-maître ;
Mais seul de tout son sexe il y devra paraître,
Car je veux me servir de cet ordre naissant
Afin de m'attacher le sexe intéressant
Dont le rôle est si beau, l'influence si grande.
Je mettrai pour appât tout ce qui l'affriande.

M. JULES

Cette décision nous montre avec éclat
Dans notre aimable Reine un grand *homme* d'Etat.
Avant de nous quitter, je crois qu'il serait sage
De fixer sans retard le jour du mariage.

MARGUERITE

Quoique Reine, je dois consulter mes parents ;
Mes devoirs envers eux ne sont pas différents.

M. PRUDHOMME

Le Maire vous attend à la maison commune
Pour le premier dimanche après la pleine lune.

XXXIV

LE SUICIDE MORAL

—

On flétrit l'insensé qui se donne la mort
Afin de se soustraire aux caprices du sort ;
On doit aussi flétrir un autre suicide
Presque aussi regrettable et tout aussi stupide
Que l'on peut appeler suicide moral
Et qui dans notre siècle est bien plus général.
La fille qui n'a pas de dot ou d'héritage
Et qui ne veut pas faire un pauvre mariage,
Quelquefois par faiblesse et souvent par dépit,
Entre dans un couvent, prend le voile et l'habit.

Sous le coup d'un chagrin , d'une grande infortune,
D'un désespoir d'amour, misère assez commune ,
Un caractère faible , au lieu de résister,
Préfère se sauver et cesse de lutter.
On se croit méritant , mais un acte semblable
A la Divinité ne peut être agréable;
Il n'est aucun mérite à quitter le combat
Pour aller s'abriter aux sein du célibat.
Le bonheur des élus sera la récompense
Des efforts courageux et non de l'indolence.

XXXV

LA RÉSURRECTION

—

Activons le progrès, dont la marche est bien lente.
Tout corps organisé, soit animal, soit plante,
Quand il n'est plus soumis au principe vital,
Subit en peu de temps un changement total ;
Car il se décompose et rend à la nature
Chacun des éléments pris pour sa nourriture.
Ces éléments divers, bientôt dissous par l'eau,
Pénètrent dans le sol et forment le terreau

D'où, par absorption, la plante peut extraire

Les sucs devant former la sève alimentaire.

Un cadavre nourrit ainsi des végétaux

Qui servent de pâture à certains animaux.

Dans un corps d'animal, chaque atome ou parcelle,

Peu m'importe le nom par lequel on l'appelle,

Pourra donc se trouver dans des conditions

A faire plusieurs fois ces évolutions.

La matière du corps a pu faire partie

De certains animaux dont elle était sortie.

Chaque atome pourra, mais successivement,

A des milliers de corps fournir un élément.

De plus, un même corps toujours se renouvelle,

La parcelle arrivant remplace une parcelle.

Le sang qui, dans le corps, se trouve répandu

Remplace l'élément que le corps a perdu.

Le même phénomène existe aussi chez l'homme

Dont le corps est formé de tout ce qu'il consomme.

Il est aisé de voir dans quelle absurdité

On tombe en acceptant avec naïveté

Qu'au jugement dernier les dépouilles mortelles
Pourront se reformer, rassembler leurs parcelles ,
Quand on peut expliquer la résurrection
Avec facilité par l'incarnation.

XXXVI

LA VIE

—

La vie est un chemin bordé de précipices
Où chaque voyageur glisse et tombe à son tour.
C'est en vain qu'il se sert de tous les artifices
Afin d'y prolonger le temps de son séjour.
Quand du fatal cadran l'aiguille invariable
Arrive sur le point fixé pour le trépas ,
Du tranchant de sa faulx la Mort impitoyable
Dégrade le terrain qui manque sous nos pas.

XXXVII

LA BELLE DE NUIT

—

Passant, observez cette Femme
Que vous rencontrez chaque soir
Et qui vous déclare sa flamme
En cheminant sur le trottoir.

Pour avoir ce qu'elle convoite,
Sans honte la Belle de nuit
Excite l'ardeur qu'elle exploite,
Vous attire dans son réduit.

Près de vous elle pourra feindre
L'amour et même l'amitié

Mais contentez-vous de la plaindre,
N'ayez pour elle que pitié !

Un baiser de lèvres impures
Pourrait être aussi dangereux
Que la rage ou que les morsures
Des serpents les plus venimeux.

Il manque à cette malheureuse
Un peu de pain pour son repas ;
Quoiqu'elle soit une coureuse,
Passant, ne la rudoyez pas.

Peut-être le manque d'ouvrage
La force à faire ce métier ;
Elle n'a pas eu le courage
De mourir dans le bon sentier.

XXXVIII

LA BOUTEILLE CASSÉE

—

On pourrait reprocher à certaines personnes
Qui paraissent toujours charitables et bonnes,
De faire consister toute leur charité
A délier leur bourse avec facilité.
Mais lorsqu'il se présente une autre circonstance,
Où l'on peut aisément montrer sa bienveillance,
Au lieu d'en profiter, leur cœur ne dit plus rien;
Il faut leur jalonner la route vers le bien.
Et pourtant il serait quelquefois bien facile
De se donner sans frais le plaisir d'être utile.
Beaucoup de voyageurs, pour dîner en vagon,
Emportent en partant du vin dans un flacon,

Du pain , de la volaille , un morceau de fromage ,

Diminuant ainsi les frais de leur voyage.

Quand ils ont achevé leur modeste dîner ,

Sous prétexte qu'il faut ne rien laisser traîner ,

Ils jettent la bouteille et tout ce qui leur reste ,

Commettant de la sorte une erreur manifeste ,

Car ce qu'on a laissé dans le compartiment ,

Une bouteille vide , un reste d'aliment ,

De pauvres employés devient le bénéfice.

On voit qu'il est aisé de leur rendre service

En mettant dans un coin ce qu'on voudrait jeter,

Enfin, tous les objets qu'on ne peut emporter.

Nous sommes prévenus, la bonté nous conseille

De ne jamais jeter ni reste ni bouteille.

Ne détruisons jamais ce qui ne nous sert pas;

Pensons que ce qui reste après notre repas

N'est pas perdu pour tous, car un autre en profite :

Pour l'âme charitable il n'est pas de limite.

Un bon cœur sait toujours saisir l'occasion

D'être utile au prochain dans la moindre action.

XXXIX

LE PRINCIPE INTELLIGENT CHEZ L'ANIMAL

—

Le corps dont l'animal, de son vivant, dispose,
Ce n'est qu'une enveloppe, il renferme autre chose ;
Car il existe encor dans tous les animaux,
Qui sait ? peut-être aussi dans tous les végétaux,
Dans tout ce qui n'est pas de la simple matière,
Un principe animant chaque être à sa manière.
Ce principe inconnu qui ne doit pas périr,
Principe dont Nini, sur le point de mourir
Comme en bonne santé, nous prouvait l'existence,
Nous l'appelons instinct ou même intelligence

Dans le règne animal, où l'on peut le trouver
Assez développé pour le bien observer.
Au moment de la mort, que devient ce principe?
On ne peut supposer qu'alors il se dissipe.
Non, l'être intelligent n'est pas anéanti,
Il se passe du corps quand il en est sorti ;
Ce n'est qu'un vêtement dont il se débarrasse
Et la matière attend qu'un autre la ramasse.
Si l'Etre ne meurt pas, que peut-il devenir?
Avant d'être incarné, d'où peut-il provenir?

XL

LE DAUPHINÉ

—

Pays du Dauphiné
Aux riantes campagnes,
Beau jardin couronné
Par de belles montagnes ;

Sites si ravissants
Que le Touriste admire,
Accueillez les accents
De ma timide lyre.

Séjour favorisé,
Eden de notre France,

Où je fus déposé
Le jour de ma naissance,

Que j'aime tes coteaux,
Tes vallons, tes prairies,
Tes jardins, tes châteaux
Avec leurs armoiries,

Les flèches des clochers
Epars dans tes vallées,
Tes torrents, tes rochers
Aux crêtes dentelées ;

Tes cours d'eau sur leurs bords
Versent en abondance
Les plus riches trésors
Et font naître l'aisance.

Les plus superbes fleurs,
La plus belle verdure,
Combinant leurs couleurs,
Composent ta parure.

Les sons majestueux
Des éclats du tonnerre
Dans ton sein montagneux
Font ébranler la terre.

Ces sons répercutés
Par les flancs les plus proches
Sont au loin répétés,
Grondant parmi les roches.

Enfants du Dauphiné, recevez mes souhaits.
Qu'à notre beau pays le Seigneur soit propice;
Qu'il répande sur nous ses faveurs, ses bienfaits;
Qu'il conserve en nos cœurs l'amour de la justice,
La vertu, la bonté,
L'esprit de charité.

FIN

TABLE DES MATIÈRES

www.ingramcontent.com/pod-product-compliance
Lightning Source LLC
Chambersburg PA
CBHW070906030726
47504CB00005B/1480